A VIDA
contada pela
MORTE

Editora Appris Ltda.
2.ª Edição - Copyright© 2024 do autor
Direitos de Edição Reservados à Editora Appris Ltda.

Nenhuma parte desta obra poderá ser utilizada indevidamente, sem estar de acordo com a Lei nº 9.610/98. Se incorreções forem encontradas, serão de exclusiva responsabilidade de seus organizadores. Foi realizado o Depósito Legal na Fundação Biblioteca Nacional, de acordo com as Leis nos 10.994, de 14/12/2004, e 12.192, de 14/01/2010.

Catalogação na Fonte
Elaborado por: Josefina A. S. Guedes
Bibliotecária CRB 9/870

A221v 2024	Adans, Thompson A vida contada pela morte / Thompson Adans. – 1. ed. – Curitiba: Appris, 2024. 125 p. : il. ; 21 cm.
	Inclui referências. ISBN 978-65-250-6818-3
	1. Vida. 2. Morte. 3. Humanidade. I. Título.
	CDD – 128.4

Editora e Livraria Appris Ltda.
Av. Manoel Ribas, 2265 – Mercês
Curitiba/PR – CEP: 80810-002
Tel. (41) 3156 - 4731
www.editoraappris.com.br

Printed in Brazil
Impresso no Brasil

Thompson Adans

A VIDA
contada pela
MORTE

Curitiba, PR
2024

FICHA TÉCNICA

EDITORIAL	Augusto V. de A. Coelho
	Sara C. de Andrade Coelho
COMITÊ EDITORIAL	Marli Caetano
	Andréa Barbosa Gouveia - UFPR
	Edmeire C. Pereira - UFPR
	Iraneide da Silva - UFC
	Jacques de Lima Ferreira - UP
SUPERVISOR DA PRODUÇÃO	Renata Cristina Lopes Miccelli
ASSESSORIA EDITORIAL	Débora Sauaf
REVISÃO	Bruna Fernanda Martins
	Débora Sauaf
PRODUÇÃO EDITORIAL	Bruna Holmen
DIAGRAMAÇÃO	Bruno Ferreira Nascimento
CAPA	Eneo Lage
ILUSTRAÇÕES	Jessica Serra
REVISÃO DE PROVA	Renata Cristina Lopes Miccelli

À minha família, que tanto amo.
À Vida, que ainda temos.
À Morte, que será nosso último encontro.
E a Deus, quem quer que Ele seja.

AGRADECIMENTOS

Agradeço a minha família e meus(minhas) amigos(as) por me apoiarem e incentivarem em tudo que me proponho a fazer, essa união se mostrou e se mostra crucial para as minhas conquistas. Destaco este agradecimento à minha mãe, quem sempre esteve ao meu lado acompanhando de perto minhas lutas, angústias e vitórias.

A Marina de Paula e Marília de Paula, amigas incríveis e que possuem minha admiração pelo que são e por fazerem parte da minha vida.

Ao Prof. João Batista, por estar sempre disposto a entabular longos diálogos filosóficos, doando seu tempo pela busca de revelar questões complexas; por trazer consigo interpretações profundas e por ter aceitado prefaciar a presente obra.

À talentosa Jessica Serra, por participar desta conquista sendo a ilustradora do livro, bem como manifesto meu agradecimento à Editora Appris, por todo apoio e suporte.

A todos os meus insucessos e falhas que culminaram na escrita deste livro; agradeço todos os abalos intelectuais e emocionais que me levaram a questionar o mundo como ele é; agradeço a ausência de todas as pessoas que poderiam estar por perto e assim não o fizeram, e agradeço mais ainda a presença de todos que me acompanham.

À vida que tenho e à morte por não ter vindo ainda, permitindo-me expressar um pouco da minha capacidade criativa e literária como contribuição ao mundo.

[...] HOMINES PRO DISPOSITIONE CEREBRI DE REBUS IUDICARE,
RESQUE POTIUS IMAGINARI, QUAM INTELLIGERE.

(BENEDICTUS DE SPINOZA)

APRESENTAÇÃO

Acredito que o escritor deste livro, apesar de ser humano e ter limitações intelectuais assim como todos os humanos, tentou passar um pouco do meu saber para vocês. Ora, até entendo não ser possível explicar esse mundo e suas nuances para os homens, vocês mais imaginam e criam do que realmente sabem, além de muitos possuírem preconceitos quanto ao conhecimento, parecem burros empacados, se é que me entendem. Aprendi essas expressões com vocês, não pensem que sou rude.

As histórias aqui contadas por mim não são para ilustrar somente a minha bela e elegante presença, em certo ponto são, aliás, eu que mando no enredo, porém mostram a finitude do ser humano e o quão mesquinhos, vazios e torpes vocês chegam a ser. Realmente, não é nada fácil estar em um trabalho desses, é como se estivesse em uma creche, mas ao invés de adoráveis crianças, lá estaria cheio de almas penadas gastando a minha paciência.

No entanto, no meio dessas almas desajustadas há aquelas almas que ainda me pergunto o que fazem nesse mundo, humanos tão bons que não merecem estar no mesmo barco, sua empatia, suas ações desinteressadas em relações sinalagmáticas, fazem o que fazem apenas por querer ajudar... Oi? Desculpa, usei um termo difícil? Pegue um dicionário ou aquela bugiganga em que você passa o dia conversando e clicando duas vezes na tela para aparecer um coração e pesquise. Está vendo? Não sabe nem do que estou falando e ainda quer saber mais além do seu planetinha. Se eu estou debochando do seu conhecimento? Estou! O que pretendes fazer a respeito? Pense, terá uma vida inteira pela frente, estarei esperando.

Em falar de espera, ela é torturante e assistir a vida de bilhões de humanos lutando para acumular bens que serão perdidos quando eu der um "olá" não faz muito sentido para mim. Vocês trocam saúde por papel impresso, vocês trocam família por moedas de ouro, trocaram até o seu "salvador"! A família é o de menos, devem nem piscar para trocar e nem precisará ser por trinta moedas, acho que se eu oferecer umas cinco já aceitam. Acredito que deveriam ser mais conscientes das suas ações e não só isso, questionar mais a razão das coisas, o que vão deixar após sua breve passagem por esse mundo, atribuir à vida e a mim um sentido melhor, pois só o que observo são humanos ansiosos por uma finalidade e desesperados para evitar o fim.

Como dizia, apesar de eu ser um belo protagonista, e se você discordar irei visitá-lo mais cedo, fica o conselho, as histórias dos humanos que permiti o escritor contar a vocês têm um intuito, qual seja: mostrar que a Sophie é uma ser humaninha sem igual e que vocês nem em mil anos vão ser como ela. Ah! E também despertar em vocês, humanos, reflexões! Apesar de não estar muito crente de que os humanos vão de fato mudar muita coisa ao ler este livro, mas de qualquer forma duvido que saiam desta leitura sem refletir o mínimo que seja; acontecendo isso será um pequeno passo para a humanidade e um grande passo para mim.

"Meus amados"! É assim que se fala nos templos hoje em dia, certo? Então, amados, cada história humana que contei passará por uma significação e impactará os leitores de formas diferentes, não espero que tenham a mesma visão que possuo, aliás, vocês são apenas humanos, seria impossível pensar como eu. Contudo, espero despertar em vocês, ou até mesmo dar um choque de realidade, de que eu não estou à espera no final do caminho, mas ando de mãos dadas com a vida; a cada dia vivido é um dia mais perto de sua morte, e o sentido da sua vida ganha proporções relevantes pela finitude do ser, se é que você torne essas proporções relevantes.

Um dia que se esvai é um passo dado ao meu lado e assistido por mim do melhor assento da plateia, a sua vida. Tic-toc, o tempo está passando... Quem é Deus?... A areia da ampulheta está caindo... Você terá mesmo um pós-vida?... Outro dia se passou e eu estou com um sorriso de orelha a orelha vendo vocês vivendo uma vida sem sentido... Livre arbítrio? Ou é predestinado a tudo o que vive?

Acabou o seu tempo! Se pautando por boas ações ou incorporando o próprio papel do lobo do homem, eu serei a sua única certeza e como você irá me encarar dependerá de como viveu a sua vida, serei recíproco e receptível dentro dos limites do possível, não teste a minha paciência.

Pequeno humano, contemple o horizonte de possibilidades, a vida e a morte serão inevitavelmente presenciadas, não importa o caminho que tomar, portanto, se nesta breve apresentação te fiz refletir, por mínimo que seja, ler este livro não será um erro, mas sim uma possibilidade de repensar o mundo em que vive, de encarar a vida e a morte de forma diferente, de ver que o sentido da vida ou propósito de vida é criado com o viver, dependendo sempre de como é o seu "viver".

Indagações das mais simples às mais complexas são apresentadas por meio da vida e morte dos humanos deste livro, com um único objetivo: refletir e reescrever as visões que temos do mundo, da vida e da morte. Ademais, valorizem o esforço do escritor que se disponibilizou a escrever as histórias que contei neste livro, ele vive reclamando de dores nas costas para mim, estou pensando seriamente em leva-lo logo, pelo menos não sentirá mais dor nas costas... Mas o problema será achar outro bom escritor, por enquanto o deixarei vivo.

Espero que apreciem o livro, mando lembranças e, para alguns, nos veremos em breve, para outros vai demorar um pouquinho mais.

GAL

PREFÁCIO

Antes de iniciar este prefácio, gostaria de ressaltar o quão honrado me senti pelo convite do autor Thompson, um grande amigo com quem tive a oportunidade de estabelecer diálogos fecundos. Além disso, cumpre pôr em tela que o título do livro, *A vida contada pela morte*, me deixou muito curioso. À medida que iniciei a leitura entrei em uma espiral de indagações, as quais estão expostas neste breve prefácio e acredito que irão ao encontro das suas indagações.

Falar sobre a morte não é uma tarefa fácil. Digo isso levando em conta algumas considerações: i) a morte é um tabu na nossa cultura; ii) a nossa cultura é plural, portanto, há diversas maneiras de conceber a morte, mesmo que existam algumas semelhanças entre as abordagens; e iii) a morte é uma perspectiva apresentada pelo humano que vive, e não pelo humano que morto está.

Thompson, em sua obra *A vida contada pela morte*, propõe uma visão do outro lado. Assim, nos convida a entrar em um universo que a princípio, apesar de ser um tabu, nos parece "familiar". Nas linhas o autor mescla filosofia, literatura, ficção e religião na tessitura dos capítulos que compõem sua obra.

Eis que "as portas da vida e as portas da morte estarão sempre abertas" e nós, inevitavelmente, passaremos pelas duas. E tendo em vista que tais portas encontraram-se sempre abertas, algumas questões merecem ser respondidas: podemos escolher quando e como atravessar essas portas? Temos um livre arbítrio? Há um diálogo entre a vida e a morte? O que a vida tem a dizer para a morte e o que a morte tem a dizer para a vida? Apesar de as concebermos como opostas, não haveria uma conexão entre elas?

Os pontos de partida, isto é, as questões acima expostas, constituem-se a estrada para uma aventura dialética acerca do que a morte tem a dizer para a vida, desde que se tenha em mente que "não há liberdade dentro de muros, as nossas crenças são os muros".

Há um sentido para a vida e para a morte? Assim como nós já temos um sentido, e ainda que não o tenhamos – o que já é um sentido –, os personagens que aqui se apresentam têm um sentido. Isso posto, somos nós que criamos o sentido da nossa vida?! Segundo o autor da obra, cria-se o sentido da vida vivenciando-a no seu âmago, de maneira autônoma, sendo o artífice de si mesmo. É na vida que se cria o sentido para a morte, tal assertiva poderá ser encontrada no modo como cada um de nós e os personagens aos quais o autor deu vida vivemos a vida.

Para alguns a morte pode ser libertadora e, portanto, algo sublime, e para outros algo amedrontador, um filme de terror. É nesse momento que literatura, filosofia, ficção, religião e realidade se misturam, pois o modo como vivenciamos a vida irá se dar ao encontrar com a morte, e ao que parece há uma "perfeita" conexão entre elas. Dito de outro modo, é o modo como você viveu a sua vida que implicará diretamente no sentido e no modo como você enfrentará a morte. Se você teve uma vida errante, praticando atos injustos com os seus semelhantes, cabe perguntar: qual é o sentido da vida se a morte não a perdoa?.

A nossa educação acerca do sentido da vida e da morte tem lastros ancestrais, de sorte que herdamos de uma longeva tradição religiosa ou filosófica, bem como criamos ao longo da nossa existência vários sentidos, tanto para vida quanto para morte, mas há aqueles "seres humanos que não precisam de religião para lhe dar isso, não precisam das leis humanas para lhe dar isso, eles já nascem com um senso de justiça apurado e são os mais cansados do mundo que vivem", pois viveram da melhor forma que puderam, a mais próxima da justiça.

Outro ponto que não podemos olvidar é que fomos educados de forma a crer que tudo tem uma finalidade. Então, seria razoável pensar que tanto a vida quanto a morte têm uma finalidade?! Ou, "então, a vida não se importa com a morte e a morte não se importa com a vida?".

O que de fato importa? Quanta dor podemos suportar? Ao que parece, feliz foi Beethoven diante da morte, pois para ele o sentido era o de liberdade: "sinto-me como tenho tanto a contribuir, mas se vieres mais cedo sentir-me-ei contente por me libertar".

Os personagens e nós que iremos ler esta obra nos veremos diante das questões acima. Quais serão as respostas que iremos dar a elas? Em que medida o espelho da nossa existência vai refletir a nossa imagem, a nossa história quando a morte se aproximar?

JOÃO BATISTA
Filósofo e professor universitário

Sumário

O PRÓLOGO — 21

O ESCRITOR I: HÁ MUITO TEMPO DESISTI — 43

A ÚLTIMA DANÇA — 55

"A GENTE NÃO SAI DAQUI NEM MORTO!" — 61

O ESCRITOR II: AMOR E SINFONIA — 69

CONSEGUE SENTIR, SR. PRESIDENTE? — 93

O ESCRITOR III: DEUS E ADEUS — 107

REFERÊNCIAS — 125

O PRÓLOGO

Os humanos podem ter vários problemas, serem cruéis e ambiciosos, desprovidos de empatia e qualquer sentimento pelo seu próximo, mas há exceção à regra. Faz muito tempo que em minha função acompanho as vidas simples, as mais exuberantes e, também, as mais desprovidas de qualquer bondade.

Algumas me entediam de longe, rezo para que acabem rápido, pois não seria legal ficar ali por muito tempo. Outras, não queria que acabassem, "parte-me o coração", se é que tenho algum, leve a expressão como um modo de dizer, aprendi com vocês.

Há vidas inocentes, no início, que por motivos alheios são perdidas. Muitas vezes, essas são ceifadas com um senso de injustiça, o que torna a justiça o momento de retirar as vidas daqueles que cometeram tais atrocidades contra elas.

Aqui neste planeta chamado de Terra, faço apenas o meu papel, sigo o roteiro do escritor, todos estão à minha vista, cada curva feita, cada palavra dita, cada ato impensado, isso não me passa despercebido, as coisas acontecem como devem acontecer e, para isso, estou de olho.

O que talvez por vocês seja conhecido como destino, para mim seja apenas uma rotina, ou como vocês falam "expediente de trabalho". Até comecei a observar o que é o destino. Uma força ou ocorrência dos fatos que estão previstos e que irão acontecer quer queira ou não. Mas afirmo, uma inteligência limitada como a dos seres humanos não teria como compreender o que se tem por destino, por isso é aceitável que o chamem assim.

Só mais uma coisa! Já pararam para pensar que se os homens têm livre arbítrio como que existiria o destino? Complicado, não achas? Outra questão é, se você, humano, afirma que tem livre arbítrio, por qual razão existe a pobreza? Você escolheu ser pobre?

Ou você está escolhendo fazer o outro pobre para que morra de fome? Mas ele não pode escolher não morrer de fome?

Estive um tempo vagando por este planeta, um lugar terrível. Sabe quando falei das vidas inocentes? Aquelas perdidas por motivos alheios. Aqui é o que mais acontece! Seres humanos torpes, gananciosos, desprezíveis. Como podem fazer o que fazem com os seus semelhantes? E, olhando de modo geral, o resto do mundo pouco se importa, quiçá nada se importa.

O que você me diria desse seu belo livre arbítrio? Morrer de fome ou morrer de doença? Ah! Quem sabe morrer por grupos armados corruptos e sem senso nenhum do que se tem por "humanidade"? Creio que já não parece ser tão livre agora. Divirto-me com o querer de vocês, "sou livre, faço o que quero da minha vida!", talvez, deixa-me ver na sua ficha se tens alguma importância para o mundo.

Oh! Majestade, faça o que quiseres, pois aqui nada consta de que irá ter que contribuir ao mundo, está assinado o seu livre arbítrio, mas cuidado, pois se o "destino" bater à sua porta, a liberdade acaba. Pode ser que vocês não entendam um pouco o meu humor, nem os culpo, além de terem uma inteligência limitada, acreditam em coisas que não são verídicas.

Já se perguntou algum dia se realmente és livre? Acho que aqui na Terra a liberdade gira mais entorno do valor daquele papel, chamado de dinheiro. Vocês escolhem o que comer, o que vestir, o que usar para escovar os dentes, e o resto é a gente que manda, isso é, se tiver conforme queremos, deixamos seguir o plano. Espertos foram aqueles que criaram o valor desse dinheiro, esses sim podem falar que foram agraciados pelo "destino", mas no fim das contas, nos veremos no final de qualquer modo. E o que sobrará disso tudo? Muitos dizem "nada".

Isso me fez lembrar de um psicanalista[1], ele falava sobre essa sociedade, a nomeara de sociedade do ter, em que os humanos só seriam algo se tivessem algo, de modo que o ter seja o novo ser. Pode parecer confuso, mas o entendimento dele me parece muito agradável e até compreendo. Eu tenho amor, mas não sou amado;

---

[1] Referência a Erich Fromm, em sua obra *Ter ou Ser?*

eu tenho empatia, mas não sou empático; para essa sociedade do ter, basta parecer possuir, não precisa ser de fato.

Consegues sentir o meu humor?! Diverte-se agora? Uma vida em prol de tudo recompensada com uma morte abarcada pelo nada, essa é a sina do ser humano. Seria um castigo? Trabalhar tanto como muitos trabalha para não "ter" uma recompensa? Se soubessem o que lhes aguardam depois da morte, duvido que vivessem como vivem. Eu que não vou lhes contar, assim perde a graça de ver suas faces espantadas quando não alcançam o "céu" com os seus "bons atos".

Em sua maioria, vocês, humanos, fomentam a hipocrisia dos "bons atos". Não pensam em ajudar os seus semelhantes desapegados de receberem algo em troca, isso pauta as relações sociais dessa sociedade do ter. Vocês não "pecam", pois querem ir ao céu. Porém, são egoístas em ajudar os outros com esse objetivo em mente, como se fosse comprar a salvação com boas condutas permeadas com pensamentos e ânsias contrárias. Confesso que às vezes caio em gargalhadas, só de vê-los "comprando" a salvação!

Pergunto-lhes: e se não houvesse céu ou inferno? O que decide ou quem decide para onde vocês vão? Tenho certeza de que o planeta seria diferente! Agora, para ruim ou para bom? É essa dúvida que me vem à mente.

Posso parecer insensível, e até sou, o meu papel não permite ter piedade, porém, estou cumprindo ele há muito tempo. Já vi de tudo! Da paz tão desejada por todos a reinos inteiros devastados; da miséria a riqueza; do enfermo a total saúde; tudo o que puder imaginar, eu já presenciei. Em meio a tantas perturbações humanas, poucas fichas que cumpri mexeram comigo.

Teve uma especial, se chamava Sophie, vivia sob o reinado de Filipe VI, o Afortunado, rei da França. À época, século XIV, a Europa ainda lutava contra uma epidemia, conhecida como peste negra.

Neste tempo, os ricos corriam para os campos com intuito de se protegerem da doença, e junto a eles os médicos, pois era assim que ganhavam dinheiro. Os pobres tinham o livre arbítrio de morrer na cidade, mas isso não vem ao comento.

Sophie tinha apenas 6 ou 7 anos, já faz um tempo, não consigo precisar muito bem. Era realmente encantadora, a filha que todos os pais pediram a Deus. Extremamente prestativa aos pais, mesmo com sua pouca idade, não dava trabalho algum; linda criança, seu cabelo era longo, loirinho que não dava uma volta de tão liso, usava uma franja; sem falar dos seus belos olhos, eram esverdeados e grandes.

Com essa idade, ela demonstrava uma inteligência que, talvez, ser humano algum naquela época tivesse, realmente algo de se espantar. Entretanto, ela adoeceu... Você nessa hora deve ter indagado "que triste" ou "como pode uma pobre criança ter um destino trágico?". Como eu disse: as coisas não ocorrem por acaso, e ali eu estava para acompanhar a pobre criança.

Ela, mesmo doente, tentava não ser um estorvo aos pais. Pobres e se desfazendo de tudo que tinham e podiam, além de trabalhar sem parar, usando toda suas forças para custear o tratamento da filha, tratamento esse incerto de cura. Isso doía muito na pequena criança. Com uma compreensão anormal, ela sentia e via que apesar dos esforços de seus pais não sobreviveria.

A hora estava próxima, deitada na cama, eu a vi e ela já conseguia me ver. Por incrível que pareça não houve nenhum susto por parte dela, então perguntei:

— Você está pronta para se despedir?

— Estou! — Disse ela cabisbaixa.

— Vamos!

Entretanto, ela hesitou. O que é comum acontecer. E em uma mistura de indecisão e timidez me perguntou:

— Senhor... posso lhe fazer um pedido?

— Ann... um pedido?

— Sim, meu último pedido.

— E qual seria o seu último pedido?

— Eu amo flores, ainda mais as que vejo ali no jardim, a minha preferida é a azulada... mas... o médico não me permite sair de casa, diz que estou bastante doente... Poderíamos colher algumas antes de partir?

Isso me impressionou demasiadamente, essa pobre criança tinha um último desejo inocente, simples e puro... Não tinha sido corrompida pelo mundo nem mesmo durante todo o sofrimento que passara e vira seus pais passarem, queria apenas uma última vez poder ver as flores que gostava.

— Vamos, não temos muito tempo!

E lá estava ela imensamente feliz por estar colhendo suas amadas flores azuladas. Isso me causava estranheza, pois nessas situações não há muita felicidade, a tristeza deveria tomá-la de conta, o que me levou a perguntar:

— Por qual razão você está feliz? Não te vem nenhuma tristeza mesmo sabendo que não vai poder voltar?

— Entendo... Pode parecer estranho, mas eu vejo constantemente os meus pais trabalharem duro e se desfazerem dos bens que tanto lutaram somente para pagar os custos do meu tratamento, isso é muito caro... E se eu for com o senhor, eles vão poder descansar mais...

Nesse momento, o espanto me tomou. Como pode uma criança daquela ter um entendimento que a maioria dos seres humanos não possuem? Como pode no início de sua vida ser de tamanha empatia? Enquanto estava espantado com tudo isso e refletia longe sobre a situação, ela terminava de dizer:

— [...] E é por isso que estou feliz de te conhecer!

O seu nome realmente reflete o seu ser. Os pais dessa pobre criança acertaram em colocar seu nome de Sophie, só tendo sabedoria para poder ser como ela. Os humanos deveriam aprender mais com esse tipo de ser.

— Sophie, já colheu as flores? — Perguntei a ela.

— Já sim, senhor! Eu só vou pegar uma cordinha para amarrar e fazer um buquê... Temos tempo?

— Não se preocupe, vá em frente.

A menina correu para sua casa atrás de uma cordinha, procurou em todos os cômodos, nem parecia doente, até que achou:

— Pronto, senhor! Terminei! Terminei o buquê! — Falava feliz e saltitante.

— Se me permite perguntar, para quem é este buquê?

— É para os meus pais... Sabe, como uma forma de agradecimento por tudo que fizeram por mim, por todo cuidado...

Logo, enquanto se expressava, começaram a escorrer lágrimas pelo rosto da pequena garotinha.

— Por todos os sacrifícios que fizeram por mim... Eu... Eu... Eu...

— Tome, garotinha. Enxugue as suas lágrimas — disse a ela ao estender a minha mão com um lenço de tecido nobre.

— Obri... Obri... Obrigada, senhor! — Falava ela quanto enxugava as lágrimas.

— Não fique triste, garota... Você não vai morrer.

— Não vou? — Perguntou espantada.

— Venha comigo ao quintal...

Então, fomos ao quintal, enquanto ela terminava de enxugar suas lágrimas. Ao chegarmos lá, estalei os dedos fazendo com que o dia se tornasse noite:

— Uau! O senhor é bom com mágica! — Disse ela encantada.

— Sou sim! Mas olha para cima, olha o tanto de estrelas!

— São bonitas, né?!

— São muito belas... E dizem que pessoas de almas boas se tornam estrelas para olhar lá de cima quem eles deixaram aqui na Terra.

— Eu tenho uma boa alma, senhor?! — Perguntou-me na expectativa de ter uma resposta.

— Sem dúvidas! Você tem uma boa alma!

— Então, vou poder olhar o papai e a mamãe lá de cima?!

— Vai sim, durante todo o tempo que você quiser — falei abaixando a minha cartola e ficando cabisbaixo.

— Eba! É bom que eu vou cuidar deles lá de cima e não vamos nos separar. Isso é bom, não é senhor? — Disse ela extremamente contente.

— Isso é ótimo — falei ainda cabisbaixo e agora olhando o meu relógio de bolso.

Ali ficamos um tempo contemplando as estrelas e o luar, até que me veio uma pergunta:

— Se você pudesse voltar à vida, voltaria?

— Senhor, eu estou doente e sinto que não vou curar... E viver doente não é nada legal.

— Vamos fazer assim, você pode me pedir o que quiser.

— Qualquer coisa que eu quiser?

— Qualquer coisa.

— Humm! Eu quero... Humm... Eu quero chocolate! Daqueles redondos, bem gostoso que não como desde quando fiquei doente!

— Tem certeza?!

— Tenho! Ah! Quero deixar um chocolate com bilhete para o papai e para a mamãe, antes de virar estrela, posso?!

— Pode, sem problemas!

Para distrair um pouco a garota, tirei a minha cartola e mostrei que estava totalmente vazia. Após, dei dois tapinhas na cartola e mostrei novamente que nada havia acontecido, então disse:

— Preciso de sua ajuda. Vou dar dois tapinhas na cartola de novo e você fala "chocolate", combinado?

— Combinado! Vou ajudar!

Sophie se preparou para não perder a sua deixa e assim que eu dei os dois tapinhas na cartola, ela falou "chocolate". Logo, a cartola ficou abarrotada de tanto chocolate.

— Uaaau! O senhor é mesmo um mágico! Olha o tanto de chocolate, nunca vi isso tudo na minha vida! Posso comer? Posso?! — Falava ela com os olhos brilhando e maravilhada com a mágica.

— Aproveite, garotinha!

— Eba! Eu só vou tirar o da mamãe e do papai para deixar junto com o bilhete e as flores na cama deles.

— Ainda temos tempo, não se preocupe — disse olhando novamente o relógio de bolso.

Então, a menina correu com os chocolates, escreveu um bilhetinho e deixou tudo em cima da cama de seus pais. Ao vê-la escrevendo o bilhete, perguntei:

— O que vai escrever no bilhete?

— Ann... Mamãe e papai, vou virar estrela para olhar e proteger vocês lá de cima, estarei nesse céu com estrelas lindas e junto de pessoas de boa alma. Colhi flores e deixei chocolates. Amo vocês!

— Perfeito! Eles vão adorar.

— Pronto! Já podemos ir, senhor!

— Já comeu os chocolates?

— Não todos, eu vou guardar alguns para a viagem... As estrelas parecem longe, pode dar fome, né? — Falou inocentemente.

— Hahaha, a viagem vai ser rápida, num piscar de olhos!

— Sério?! Por que ficamos na Terra então? Já que podemos ser estrelas...

— Muitas pessoas têm que aprender lições na Terra, e não só isso, precisam consertar erros do passado... Nem todos viram estrelas. Pronta?

— Pronta! — Falou sorridente.

— Não se esqueça de cuidar dos seus pais, combinado?

— Tudo bem, senhor! Vou cuidar deles!

— Essa vai ser a última mágica: feche os olhos, conte até dez e depois pode abrir os olhos... Quando você abrir os olhos já será uma estrelinha no céu.

— Só isso, senhor?!

— Sim, somente isso. Vamos lá? Vou contar junto com você.

Sophie fechou os olhos e começamos a contar juntos... Um... Dois... Três... Quatro... Cinco... Seis... Sete... Oito... Nove... E o dez foi dito apenas por ela... Todo trabalho tem suas dificuldades, talvez o meu seja o mais difícil, não é à toa que necessito de férias.

Certos humanos não deveriam estar nem na Terra de tão bons, talvez reflitam o verdadeiro sentido da humanidade em si e venham para tentar fazer com que outras pessoas também aprendam. Se isso é certo? Tenho minhas dúvidas, mas não reclamo, o meu trabalho é colocar um ponto final ao invés de reticências.

Como disse, essa foi uma das poucas vezes que algo gerou alguma reação desproporcional em mim. Mas como dito, também, não esperem piedade de mim, faço o que tem de ser feito. Entretanto, o mais precioso nessa história é: o que é humanidade? Ainda sem entender o que se tem por humanidade, vi naquela garota a mais pura essência do que se pode ser definido como humano ou talvez só a confundi com a essência divina perdida neste planeta.

Creio que assim como espírito que, vocês humanos não podem ver, pois têm como uma abstração do ser, é a humanidade para mim. Essa é algo inconcebível, irresolúvel, instável e não pode ser tida como algo definido, um conceito concreto.

Inconcebível, uma vez que, ao mesmo tempo que sua crueldade causa espanto, sua bondade gera admiração, tornando-se difícil a atividade intelectual de se conceber o que é humanidade. São humanos porque são ruins? Criaturas instintivas que procuram o bem próprio acima dos demais?

Gosto até da definição que um dramaturgo romano deu a vocês: *"lupus est homo homini lupus"*[2], o homem é o lobo do homem.

---

[2] Referência a Plauto (254-184 a.C.).

Não me distanciaria muito dessa definição por tudo que vi em minha vida. Hilário, logo eu falando de vida! Enfim, um inglês[3] falou que haveria um chamado "estado de natureza" em que os homens seriam seus próprios lobos, assim, por essência o ser humano é desprovido de bondade, concordam?

Acredito que o conceito do que é ser humano ou de possuir humanidade, mesmo diante da forte evidencia que colhi e que aponta que vocês são uma raça infeliz e por serem assim, não têm o mínimo de compaixão ou empatia aos próximos, sendo quase que divino e louvável aquele que as possuem, esse conceito ainda não pode se encontrar envolto de ideias fixas, concepções moldadas, assim como a volatilidade do ser humano, talvez isso seja humanidade.

Pensando bem, quiçá a humanidade é algo que nem sequer foi encontrada. São o que são por total ausência dela, logo, não podemos afirmar que a humanidade é o contrário de sua ausência, ou seja, o contrário da crueldade perpetuada pelo globo terrestre, pois essa ainda não foi vista, dessa forma, permanece indefinida.

Quando olho para os humanos, me interesso um pouco pelos filósofos. Interessantes são os questionamentos de vida e do que é a vida. Alguns falam que viver é sofrer, outros apoiam o sofrimento como um meio de crescimento.

As mais plurais formas de se encarar a vida e interpretá-la e até mesmo o pós vida. Eles dão um significado para o viver, não concordam? Acredito que filosofar seria algo que todos vocês deveriam fazer. Entretanto, os tempos são outros, gastam suas vidas em prol de materialismo e isso não me vem como algo lógico, pois tudo ficará e nada terá valor ao partir, a menos que sejam relevantes contribuições para a sua raça.

Observando isso me veio um diálogo curioso com um humano medíocre, não me causou espanto nem admiração, mas

---

[3] Referência a Thomas Hobbes.

certeza de que vocês precisam mudar a visão de mundo com urgência. Gastarei um pouco do meu tempo para lhes contar essa história, pois então se atente, pode ser a última que irá ler... Brincadeira, não é a sua hora ainda, ainda!

Era um homem de estatura mediana, cabelos grisalhos, de boa pompa, um daqueles magnatas. Para que se situem da proporção financeira dele, tenha em mente que nem ele gastando desenfreadamente durante toda uma vida ficaria pobre, esse possuía um vasto poder econômico que nem em séculos a população trabalhadora conseguiria chegar perto. Tudo que você pensar em ter, ele compraria, menos algo essencial que o ser humano necessita para viver, saúde.

A graça da vida é essa, vocês a trocam por dinheiro, e depois tentam comprá-la, então veem que não é possível. Voltando à história, esse humano se chamava Steve, ele estudou nos melhores colégios e nas melhores universidades que você já ouviu falar, ou nem sequer escutou. Sua formação impecável e família de elite mundial lhe permitiu crescer financeiramente sem precedentes. Falava vários idiomas diferentes, mas quando eu apareci somente um idioma importou... O que eu falo.

Lá estava em sua cobertura imponente em New York, Manhattan. Final de expediente, possuía um copo do mais caro whisky na mão, seu blazer de milhares de dólares jogado no sofá, e lá estava ele sentado em uma poltrona com um copo na mão e com a outra mão nos olhos como se estivesse pensando em algo importante. Tinha que ser algo importante, uma pessoa daquelas pensando mesquinharias? Jamais!

Quando Steve tirara sua mão dos olhos e mirou suas vistas adiante, ele me viu e de pronto se assustou indagando:

— Quem é você?! O que faz aqui?! Eu dispensei todos os empregados hoje, não quero ninguém aqui!

Eu estava lá admirando a vista de sua cobertura. Realmente era linda, creio que para vocês um dos poucos prazeres de serem financeiramente prósperos seria contemplar as belezas da natureza, era uma noite linda! Lembro-me que falei a ele:

— Que bela noite, não acha?!

Mas o coitado estava em surto e só continuava:

— Me diga! Quem é você?! Quer que eu chame a segurança ou te demita de uma vez?!

Então me virando a ele, respondi:

— Eu? Seu empregado?! Steve, você pode ser tudo, você pode ter tudo, menos ser meu patrão, muito menos ainda mandar em mim, quanta arrogância Steve! Não foi essa a educação que sua família comprou, não acha?

— Como você sabe meu nome?! O que sabe da minha família? É bom que se retire logo!

Enquanto Steve berrava, vinha caminhando de encontro a mim. Foi deveras irritante, mas eu estava curioso para saber mais sobre como ele iria reagir aos fatos que se sucederiam.

— O que quer de mim?! Minha família pode pagar o que você quiser é só dizer e depois sair daqui!

— Steve, sua petulância é superior a sua inteligência! Incrível isso! Como pode uma pessoa com tamanhos privilégios ser mesquinho de pronto igual está sendo? Nem sequer me serviu um bom vinho!

— Vinho?! Você invade a minha cobertura e ainda quer que eu seja seu empregado servindo vinho?! Saia logo! Está me tirando do sério!

— Calma, Steve! Ou terá outro ataque cardíaco fulminante... Não seria legal morrer duas vezes em uma noite linda como essa, não acha?

— O que?! Pare de falar asneiras, seu alcoólatra! É isso, não sei como, mas deixaram um bêbado entrar aqui! Vou chamar a segurança agora e você sairá daqui a chutes e ponta pé!

— Diverte-me de monte, arrogante Steve! Faz tempo que não aproveito um show barato desses! Olha só! Temos mais um convidado, veja ali na poltrona... O coitado deixou o copo de whisky cair no seu carpete caríssimo, que horror!

Ao se virar para a poltrona, Steve teve um choque de nervos; tremia e colocava as mãos na cabeça:

— Impossível! Não, não, não sou eu! O que você está fazendo comigo?! Pare logo com isso... Não, não, isso não é real, como posso estar na poltrona e em pé ao mesmo tempo?!

— Steve, você não é surdo... Acabei de dizer que morreu.

— Impossível! Tanta pessoa menos favorecida que eu nesse mundo para morrer, e logo eu? Isso não é brincadeira que se faça!

— Ser detestável, egoísta e arrogante... Digo, Steve, não me faça perder a compostura com você! Passou a vida negando que sua hora chegaria, mas todo vivo chega a um momento que se junta aos mortos — disse-lhe com um sorriso de canto de boca.

— Não... Não... Não...

— Parece um pouco surpreso, se é que assim posso dizer... Não me esperava para ser seu guia? Agora vamos, já tive o show que esperava ter.

Nesse momento, Steve hesitava e em um misto de atordoamento e covardia, exclamou:

— Eu sou uma pessoa importante nesse mundo! Fiz o mercado financeiro funcionar, girei o globo da economia com as minhas próprias mãos, não vou a lugar algum!

— Dê uma olhada, pobre pranteador! O cemitério está lotado de humanos de alta estima que não puderam ser poupados, a morte não dará ouvidos a sua súplica.

Em um piscar de olhos Steve se viu no Green-Wood Cemetery, continuava em constante tormento e parecia pensar em alguma solução para o que estava ocorrendo.

— O que estamos fazendo aqui? Mande-me de volta para minha cobertura!

Não respondi nada a ele e comecei a caminhar em frente. Vocês humanos possuem um ego maior do que o próprio planeta e quando isso acaba ficam atordoados em saber que não deram sentido a suas vidas.

— Para onde estamos indo? — Ele me perguntara enquanto me seguia.

— Para o inferno, quem sabe? Para onde você imaginava que iria quando morresse?

— Para o céu, é claro!

— Céu? Ótimo comediante você, Steve! E se não existir céu ou inferno? Seus "bons atos" foram em vão? Pois lá não entrarás...

— Não me venha com essa! Eu ajudei várias pessoas nesse mundo com doações vultosas, é lógico que vou ter meu lugar à sombra!

— Veja, qual é o nome que está nessa lápide?

— Susan McKinney Steward, e daí?

— E daí? Ela foi uma das primeiras mulheres negras a obter um grau de medicina, sendo a primeira aqui em Nova York.

— Parabéns para ela! Admirável, mas eu também tenho os meus estudos o que não muda muita coisa entre a gente.

— Para você, as coisas podem não mudar... Mas aqui fica um questionamento: qual foi a contribuição dessa humana? Ela não era magnata que nem você. Entretanto, contribuiu mais ou menos?

— Logicamente, eu fiz mais pelo mundo!

— E por isso acredita que deve ser salvo?

— Agora estamos falando a mesma língua! Você é um homem de negócios, sinto isso!

— Não me ofenda dessa forma, Steve. Vocês "homens de negócios" são patéticos acumuladores, desprovidos de um senso básico e natural que todos os homens nascem, a empatia.

— Patético? Eu? Você me mostra uma lápide, de uma pessoa que nunca ouvi falar na vida, e eu que sou patético?

— Por isso mesmo és patético! Essa pessoa a que se refere, possivelmente contribuiu para o mundo bem mais que você. A vida dela não se tratou de acumulação de capital e doações vultosas para fazer jus a abates de impostos como a sua. A vida dela, mesmo sem muitos luxos como a sua, teve um sentido.

— E qual sentido foi esse que não vejo?

— Mostrar que, naquela época em que vivia, mesmo diante da forte segregação racial era possível as pessoas negras ocuparem funções importantes, sua história influenciara várias outras pessoas e assim como ela, no mundo há humanos que dão um sentido além do mero materialismo.

— Mas ela se formou em um curso assim, pois a família deveria ter dinheiro... Duvido se fosse pobre ia se formar.

— Realmente o seu pai tinha condições financeiras, não como a sua, mas se não fosse por vontade própria, nenhum dinheiro do mundo a faria estudar... Continuemos, se queres falar de riqueza, aqui tem um bom a ser visto.

— Espero que valha a pena, tenho uma reunião importante amanhã.

— Eu te aconselho a adiá-la, talvez você não compareça... Veja!

— Theodore Roosevelt, Sr. O que tem ele? Era o pai do ex-presidente Roosevelt, e daí?

— Por isso vocês, humanos, não evoluem... Nem sequer enxergam o que está à sua frente. Pois bem, esse homem era tão rico quanto você, tolo Steve. Mas mesmo com tamanha riqueza não possuía essa mesquinharia que a maioria das pessoas do seu patamar possui. E, escute mais, se é que vossa majestade, todo saber, puder. Esse homem empregava os seus atos não pensando em retribuição, mas em mudar vidas, em dar sentido a um mundo que muito do que se vê é a crueldade nua e crua. É disso que estou falando, sentido... Uma vida com um sentido e um legado, os homens até hoje não aprenderam que nada se leva, mas isso não significa que não se possam deixar contribuições e mudar vidas.

— Cada um cria o sentido de sua vida! Não venha me ditar o que fazer e como fazer, a vida dos outros não me importa, eu tenho mais é que me ocupar com a minha e ainda assim tenho muito que fazer!

— Certamente, passarão séculos e séculos, e essa sua visão será arraigada em uma sociedade do "eu"... Vocês nunca entenderão de que a vida nunca se tratou de o quanto pode acumular ou de quanto gastar e mostrar um falso poder, o qual se resume a bens temporários, pois tudo some ao meu mais simples "olá"...

— Eu não estou aqui para escutar serm...

— Cale-se, criatura estúpida! Sua hora chegou, sinta o frio profundo tomando seu corpo, estou farto de suas asneiras, nem sequer no leito de morte um ser, como você, não percebe os desígnios errôneos tomados por si. Se quiser, essa é sua cena de dizer "adeus".

Naquele momento, tomado por um frio súbito e nunca antes sentido, Steve, de um semblante calmo passava ao desespero e reconhecia que estava realmente morrendo, sentia a respiração pesada e o baforar congelado da morte. Em um surto logo clamou:

— Esperee! Espereee! Dê-me uma segunda chance! Não merecemos?! Nos escritos bíblicos falam de termos outra chance!

— Segunda chance?! E o que adianta uma segunda chance para uma alma torpe?!

— Não acredita que podemos mudar?! Somos humanos falhos, mas podemos evoluir!

— Será, Steve?! Você poderia mudar? Em quanto tempo você mudaria?

— Dê-me um ano ao menos! O que é um ano para a morte?! — Disse ele pensando estar fazendo um bom negócio.

— De fato, para mim não é nada, seria como se fosse um dia para vocês, humanos.

— E então? Feito?

Nesse momento, Steve acorda em sua cama. Assustado, ele revira todo o seu apartamento procurando por mim, porém não encontrou vestígios algum. Para ele, eu sumi como mágica.

Uma semana se passou. Steve continuava a trabalhar e viver sua vida como se nada tivesse acontecido. Três semanas, nenhuma mudança... Um mês, Steve começa a sentir o tempo passar mais rápido que o normal, para ele tem algo acontecendo, mas não sabe dizer o que é, além disso, não se lembrava mais do acordo que fez comigo, nem sequer se lembrava de mim.

Pobre Steve! Pensava que ia enganar alguém como eu, os seres humanos não compreendem nem as nuances do seu próprio planeta, imagina essa reduzida capacidade compreender algo além como a minha existência. Continuemos a ver o show de Steve, só se passaram 2 horas, agora que vai ficar bom.

Steve se deitava em sua cama à noite, assim que deitava já levantava com o despertador na hora programada, ele sentia que não estava bem, não estava descansando, suas 24 horas passavam como se fossem minutos, a sua vida não estava sendo aproveitada. Porém, tudo com o que ele se preocupava era como ganhar mais dinheiro, tornar-se mais famoso, esbanjar o seu luxo, sua vida se resumia a isso.

Em poucos meses, Steve ganhava vários prêmios, jornais falavam do fenômeno econômico que era o Steve, ele parecia estar mais no auge do que nunca, mas ele sentia que estava se esquecendo de algo, algo bem importante.

Estava no fim do ano, era comemoração da empresa. Todos alegres pelo ano totalmente incomum, pois a empresa se destacou como nenhuma outra na história; ganhou vários prêmios de várias instituições relevantes, destaques de capas de revistas, era muita alegria que ia acabar no estalo de dedos... Snap!

— Olá, Steve! Esqueceu-se de mim?!

Steve em meio ao discurso de abertura da festa começou a ter sua vista toda embaçada, tudo estava girando, se sentia fraco, tentando não cair se apoiava no púlpito e procurava por quem falou "olá, Steve"... De uma só vez, ele caiu no chão tentando pegar ar. Todos da festa estavam aterrorizados, os seguranças foram prestar socorro.

— Steve? Não seja indelicado, vim te ver, estou aqui ao seu lado!

Ao me ver, tenho certeza de que ele se lembrou de tudo, pois aquela cara de tormento foi a que ele fez quando me vira pela primeira vez.

— Você?! Aquilo não era um sonho?! Isso não pode estar acontecendo, não agora no meu auge!

— Que rude, você! Nem sua educação melhorou nesse ano, lamentável! Não me diga que se esqueceu? Passou tão rápido, não acha? Parecem que foram apenas 24 horas, engraçado isso né?! — Disse-lhe com a minha melhor face de ironia.

— 24 horas? Não era um ano?!

— Espanto-me como um "homem de negócio" igual a você não se atentou aos termos do nosso acordo. Não se recorda mesmo? Vou te ajudar!

Com um estalo dos dedos, Steve se via na cena em que pedia mais tempo a mim:

— Esperee! Espereee! Dê-me uma segunda chance! Não merecemos?! Nos escritos bíblicos falam de termos outra chance!

— Segunda chance?! E o que adianta uma segunda chance para uma alma torpe?!

— Não acredita que podemos mudar?! Somos humanos falhos, mas podemos evoluir!

— Veja, Steve, aqui eu nem queria dar esse tempo a mais para você, porém melhor ainda seria mostrar que certas pessoas não mudam. Podem até querer ou tentar mudar, mas vão continuar sendo as mesmas, aliás, um ex-alcóolatra ainda é um alcóolatra. Continue atento à nossa conversa, olhe só:

— Será, Steve?! Você poderia mudar? Em quanto tempo você mudaria?

— Dê-me um ano ao menos! O que é um ano para a morte?!

— Essa foi a melhor parte! Sabia que você não mudaria e que em breve pensaria que isso era um sonho ou até mesmo esquecer-se-ia de tudo. Uma vida corrida como a sua, cheia de luxos e prazeres, glamour e fama, para que se preocupar com um acordo que se pareceu com um sonho? Nada importante! Então fiz isso pela diversão de ver a sua "mudança"... O que achou? Presta atenção na minha resposta.

E repetindo juntamente a cena que já havia ocorrido, eu, ao lado de Steve, disse:

— De fato, para mim não é nada, seria como se fosse um dia para vocês, humanos.

— E então? Feito?

Logo, ambos voltamos ao tempo presente em que Steve já estava agonizando em seus poucos segundos de vida.

— Do que adiantou esse tempo extra? Mais trabalho? Mais fama? Mais luxo? Em que você mudou?

— Eu vou ser reconhecido por esse ano, não me arrependo... As pessoas que morrem no auge são lembradas eternamente...

— Interessante! E você agora prevê o futuro, né?

— Não prevejo, mas é assim que vai ser... Então, ao menos me deixe morrer em paz!

— Paz? Isso talvez você nunca terá, homem tolo... snap...

Ao som de outro estalo de dedos, Steve se via no futuro:

— O que é isso?! De onde veio isso?!

— Calma, estou aqui para cuidar de que você não vai ter a paz que merece por tentar enganar alguém que não poderia, é só uma pequena lição de vida... Ou melhor, de morte! Veja, não é você e sua gloriosa empresa?!

Steve atordoado via todos os escândalos de corrupção, que estavam velados, sendo expostos. A sua empresa exemplo estava ruindo, de pouco em pouco, de condenação a condenação, prisões a prisões, sua fama de magnata e empresário bem-sucedido foi se transformando em uma de corrupto, criminoso, arrogante, estúpido e todos os adjetivos negativos que poderiam ser ditos.

— Isso não é real! Você está fazendo outra de suas brincadeiras de mau gosto, é isso!

— Tenha calma Steve ou vai morrer de novo!

— Pare! Chega! Cansei desse seu jeito!

— A verdade te incomoda?! Sabe o que mais te incomodaria?

— Não quero saber!

— Preste atenção, todos ao seu redor, em seu leito de morte... No seu mundinho de negócios, estão ali unicamente por interesses, ninguém da sua família está ali e agora que você morreu, o que faz você crer que eles não vão atrás de outros interesses?

Steve se mantinha em silêncio.

— Qual foi o sentido de sua vida? Acumular papel, ouro, casas e carros? Sua família está indiferente com sua morte, pois nem sequer sabia quem de fato era você, talvez um estranho rico com o mesmo sobrenome. Você foi um homem rico, mas morre como todos os outros sejam pobres ou não. Porém, o sentido da vida, o legado e ensinamentos que muitos pobres deixam aos seus filhos e familiares, além da saudade, você não deixará... Será um esquecido na história. Está sentindo o arrependimento? E a sua paz?! Espero que tenha a encontrado...

E, assim, foi o fim das páginas da vida da história de Steve, o homem que tudo teve, que tudo queria, mas no fim nada levou e nada deixou. Uma vida em vão!

O ESCRITOR I: HÁ MUITO TEMPO DESISTI

— Como entrou aqui?!

— Pela porta? Não estava aberta?!

— Não mesmo! Sempre tranco a porta!

— Então dessa vez deve ter deixado aberta, caro Tom! Posso te chamar de Tom? Ou prefere pelo nome completo? Tom fica mais íntimo, aconchegante, particularmente gosto.

— Quem é você?! Como entrou aqui? Como Sabe o meu nome?! Vou chamar a polícia!

— Acalme-se, Tom! Tenho vários nomes, as pessoas me veem ao menos uma vez na vida... O seu nome estava na carta ali na entrada, ora!

— Eu não deixei carta alguma ali na entrada!

— E que tal essa? Está se despedindo de quem? Do mundo? A vida não está divertida? Empolgação pura, não acha?!

— Você é algum artista daqueles que pregam peças, né?! Pode falar! Cadê a câmera?!

— Câmera?! O que é isso? Estou acostumado aos tempos antigos, vocês dessas eras modernas inventam cada coisa, acabam por não fazerem muitas coisas de útil da vida e depois se lamentam para a morte, vida difícil essa... Queria férias!

— O que?! Do que está falando?! Não estou entendendo nada até agora, poderia dizer o que faz aqui?!

— Shiiiu! Está à noite, vai incomodar os vizinhos, depois vai tomar uma multa de condomínio! Sempre quis dizer isso, obrigado pela oportunidade! Mas confesso que pensava que ia ser mais engraçado...

— Você está me zombando?! Não acredito que a essa hora da noite tem um cara doido fazendo piadas comigo.

— Posso me sentar, Tom?

— Quer que eu diga o quê? Você já entrou na casa, riu da minha cara, fez piadas, senta aí...

— Para ficar claro, não ri de nada e nem ninguém. Então, fazes o que da vida, jovem rapaz?!

— É uma longa história, acredito que não é nada interessante e você não teria tempo para isso.

— Aposto que tempo é o que não falta, vai contando e se for entediante a gente acaba por aqui.

— Eu ainda não acredito que estou falando da minha vida para uma pessoa que invadiu meu apartamento, isso é algo inacreditável!

— Apartamento? Esse cubículo? Acho que não estão fazendo apartamentos como antigamente... Tinha um cara, Steve o nome dele, em que pese ser uma pessoa detestável, ele sim tinha um apartamento. Você no máximo que tem é um quarto, se é que podemos falar isso, nessa bagunça que se encontra, os moradores de rua não viriam viver aqui... Continue sua história, estou atento!

— O quê?! Ninguém te ensinou bons modos ou te deu educação não? Vai ficar me ofendendo toda hora?!

— Falou a pessoa que nem sequer ofereceu um copo d'água para a visita quando chegou...

— Você não chegou! Invadiu o meu quarto!

— Viu como nos entendemos bem?! Invadi seu quartinho, é o que eu mais faço na vida das pessoas, apareço de supetão!

— "De supetão"?! Quantos anos você tem? Nem minha vó fala isso, olha que ela é velha!

— Tenho muitos! E você? Sua vó deve ser adorável, qualquer dia vou visitá-la.

— Tenho 27 anos, em breve farei 28.

— Quem sabe, né?! Mas vamos, continue a sua história, estou morrendo de ansiedade para saber mais.

— Deplorável isso, uma pessoa que nunca vi querendo saber a história chata da vida de outra. Pois bem, sou escritor...

Cortando Tom, logo exclamei, pois estava muito óbvio que era escritor:

— Descobriu a cura do câncer! Jamais pensaria que você era um escritor, olha só para esse quarto cheio de folhas jogadas, uma escrivaninha e uma pessoa depressiva na frente de uma máquina datilografando, jamais pensaria que você era um escritor... Ann... Ann... Jamais!

— Máquina de datilografar? Essa aqui?!

— Não é?! Parece-me um pouco diferente, mas acho que a funcionalidade é a mesma. — Falei refletindo.

— Não mesmo! Isto é um notebook, tem muito mais funcionalidades.

— Ao menos em você ter depressão, eu acertei! Não se pode saber de tudo, né?

— Tu vai ficar de deboche?! Depressão?! A vida é isso, não é à toa que alguns dos filósofos diriam "viver não é nada mais do que sofrer", engana-se a pessoa que quer ser sempre feliz e alegre, o mundo não nos permite isso.

— Conheço esses filósofos! Bem peculiares! E vejo que você é uma pessoa com uma boa instrução, é ótimo achar gente assim, elas questionam a vida até de frente para a morte! Conte-me, a sua história, desde o início.

— Ok! A vida não tem sido fácil, nem na hora de nascer foi fácil para mim, se é que você vai acreditar. Mas minha vó sempre me contava, eu quase não nasci.

— Talvez eu acredite, vai que assisti isso de perto, sou muito velho como você fala, não é?

— Ahaam! Assistiu sim, tá! Então, quase não nasci. Minha vó disse que na hora do meu parto, eu não estava na posição certa para nascer, não tinha virado.

— Vish...

— E para completar, se fosse preciso fazer cesárea teria que escolher entre a minha vida e a vida da minha mãe. A médica perguntou isso a quem? Ao meu pai. Adivinha a resposta?

— Ele escolheu que sacrificassem o bebê, certo?

— Exatamente! Ali, naquele momento, uma decisão que salvaria apenas uma vida, como minha mãe não estava acordada, a escolha seria que eu não nascesse.

É uma escolha difícil, dizer quem vive ou quem morre, mas pelo que parece seu pai nem hesitou em querer te sacrificar, pobre Tom! — Pensei.

— Mas está aqui, nasceu e está vivo com uma história para contar, é o que importa, não?!

— Talvez, estar vivo é diferente de viver, há muito tempo que não vejo muita graça na vida, há muito tempo que não vejo mais sentido no mundo como ele é...

— Interessante! E se a morte aparecesse na sua frente? O que faria?

— Falaria "Oi, por onde você andou esse tempo todo? Estava querendo bater um papo como você". — Disse ele com um sorriso apático.

E de repente, Tom me viu cair em gargalhada, algo que é incomum até pelo meu jeito irônico e frio, mas era o que realmente estava acontecendo naquele momento e que mal sabia ele que estava conversando com a morte:

— Excelente! Gostei de você, garoto! Sabia que por algum motivo você devia continuar vivo!

— O que?! Como assim você sabia que eu devia continuar vivo?!

— Você não entenderia se eu te explicasse, e eu teria que te matar depois!

Após uma pausa silenciosa e nós dois nos encarando, Tom com uma cara de espanto e eu com uma cara séria e até um pouco risonha, caímos em gargalhadas juntos.

— Como pode?! Um estranho me fazer rir na situação em que estou, algo inacreditável...

— Sua situação não parece nada legal e não digo material-mente, mas me parece muito que sua mente está cansada desse mundo, todo dia você pede por descanso...

Então, as risadas felizes e descontraídas de Tom dão espaço às lágrimas. Tom abaixa a cabeça, coloca suas mãos nos joelhos e estica os braços como se estivesse tentando sustentar o seu corpo, e eu vejo as lágrimas caindo. E em meio às lágrimas e à profunda dor, Tom diz:

— Há muito tempo desisti de dar o meu melhor... Esse mundo não merece... E sim, estou exausto, a vida, o mundo, Deus, tudo isso são criações sem sentido e de tamanhas injustiças que pessoas como eu não suportam...

Um pouco sem saber o que dizer, eu tentei voltar ao clima anterior:

— Entendo... Vamos! Continue a história da criança que quase não nasceu... Ah, desculpa, era você! Hahaha.

— Engraçadinho você! Pois bem, eu nasci...

— Gênio! Isso é óbvio, você está aqui na minha frente!

— Cala a boca! Deixa-me continuar!

— Olha como você fala comigo... Às vezes a morte pode chegar cedo...

— Se chegar, pede para bater na porta, ok?

— E precisa? Não é só entrar?

— Precisa, ora! Enfim, voltando à história... Eu nasci, minha família era pobre, e para completar com um mês de vida meu pai abandonou minha mãe com três filhos e sumiu no mundo.

— Esse é o tipo de ser humano que nem a morte gostaria de buscar!

— E qual seria o ser humano que a morte gostaria de buscar?

— Seres dignos, que dão o seu melhor em tudo que fazem, embora alguns não consigam fazer grandes contribuições na Terra, justamente pelo planeta torpe que os próprios homens criaram. Esses seres não seguem religião cegamente, mas também não a condenam, eles questionam do céu ao inferno, não temem serem condenados por blasfêmia e cá entre nós não serão... É mais fácil um religioso temente e cego ser condenado por sua vida tola, pois pensa que um simples pedido de perdão em seus templos o salvará. Os seres dignos e íntegros não precisam de religião para lhe dar isso, não precisam de leis humanas para lhe dar isso, eles já nascem com um senso de justiça apurado e são os mais cansados do mundo em que vivem...

— Espero ser digno então, pelo menos algo teria de me orgulhar!

— Quem sabe? Vai que a morte vem bater um papo com você igual queria...

— Ia ser interessante! Foca, você se distrai muito fácil da história! Como disse, eu, meus dois irmãos e minha mãe fomos abandonados por quem se dizia ser meu pai. Antes a gente morava na casa da minha vó paterna, era uma velhinha adorável!

— E o que aconteceu daí em diante?!

— A gente teve que sair de lá, fomos morar nos fundos da casa da minha vó materna...

Naquele momento sentia Tom hesitando em contar o resto da história, ele respirava um pouco mais fundo que o normal e desviava o olhar:

— Tom, não vai me oferecer nem aquela bebida preta e quente? Café, né?

— Eu não bebo café, desculpa! Mas tenho chá, é melhor que café, ao menos eu prefiro. Quer?!

— Humm, um dia uma pessoa me disse para não confiar em quem não bebe café... Não sei...

— Você tem que parar de andar com essas pessoas que ficam na Internet o tempo todo, vou fazer o chá!

— Internet? Eu não o conheci lá... Vou aceitar o chá!

Tom se levantou, foi até a cozinha e preparou o chá para nós dois; colocou em suas xícaras, as quais pareciam que não eram usadas há muito tempo, o que o fez lavá-las antes; pegou alguns biscoitos doces e colocou em dois pratinhos:

— Está aqui, experimenta! Tomei a liberdade de colocar uns biscoitos doces para você, aliás, chá sem biscoito é tipo uma bela arte sem cores, impossível, nem que seja o preto do grafite, mas vai ter cor.

E ali, era a primeira vez na minha "vida" que me dei o luxo de experimentar o que os humanos comem:

— Esse chá é bom mesmo! Adorei esses biscoitinhos, ia ser bom se tivesse do outro lado, né?!

— Do outro lado?! Diz quando a gente morrer?!

— Sim, quando você morrer!

— Farei igual aos egípcios, pedirei para colocar um pote de biscoitos desses no meu caixão e quando eu acordar do outro lado, eu estarei com biscoitos, hahaha, te dou um se o vir por lá!

— Olha que promessa é dívida, vou cobrar!

— Pode cobrar! Sou uma pessoa de palavra!

— Humm... Isso aqui é muito bom! Mas continue a história, estou curioso para saber como chegamos até aqui.

— Pois bem! Eu e minha família nos mudamos para os fundos da casa da minha vó materna, ainda bem que ela nos acolheu que senão estaríamos na rua...

— Não seria legal morar na rua com três pirralhos.

— Não mesmo! Foi milagre minha mãe viver para cuidar da gente, pois se dependesse daquele que fala que é meu pai, nós estaríamos jogados por aí, me contaram que ele até pensou em nos dar para os irmãos dele criar... Lamentável...

— Esse ser humano se supera a cada momento em sua história, estou ansioso pelo julgamento dele! Quem sabe tiro até uma folga para não perder esse dia, vai ser interessante!

— Julgamento? Você bate bem da cabeça? Às vezes fala umas coisas sem nexo, pode ser doença isso.

— Continue a história, não se prenda aos meus comentários.

— Então, estávamos morando de favor, mas a gente tinha que comer, se vestir, beber, ter o mínimo de condições para viver, e agradeço minha mãe por sempre ter lutado para isso, e me pesa muito por não ter conseguido ajudar...

— Como ajudar?! Você era um bebê!

— Digo quando eu cresci um pouco mais... Ela sempre falava para a gente focar nos estudos enquanto ela fosse viva, falava que não precisava trabalhar enquanto estudava e a gente devia focar ao máximo e dar o nosso melhor nos estudos que só assim cresceríamos. E as despesas da casa ficavam por conta dela...

— Sua mãe é um ser humano incrível, se sacrificou para dar um futuro digno para você e seus irmãos, muitas pessoas nas condições que vocês iniciaram a vida jamais fariam isso...

— Concordo... Isso eu vi durante a minha vida inteira, desde a infância até os tempos de hoje, e muitos dos que fazem esse sacrifício recebe desdém dos seus filhos como pagamento.

— Acredito que não seja o seu caso, certo?!

— Certo! Jamais iria desvalorizar o que ela fez por nós, eu só sinto que deveria ter feito mais, porém não foi por falta de tentar, sempre tentei, mas as condições não foram favoráveis, infelizmente...

— Então! Como você bebê sobreviveu?!

— Ah sim! Minha mãe após ter me parido, ainda de resguardo, começou a trabalhar.

— Isso que é força de vontade!

— Sim, ela trabalhava em três empregos! Saía de casa enquanto eu estava dormindo e quando voltava para casa eu já estava dormindo... Minha infância foi assim, não tive minha mãe por perto nesse período em que ela trabalhava em três empregos, as pessoas deveriam valorizar essas pequenas coisas da vida...

— E quem cuidava de vocês?!

— Eu tinha uma babá que era a nossa vizinha também, minha mãe trabalhava para pagar o salário dela para nos olhar... Para você ter uma noção, eu era tão apegado com essa babá que no dia que ela morreu, eu caí em prantos, chorei parecendo que o mundo ia acabar.

Nesse exato momento, ambos fomos surpreendidos por barulhos de gritos e algazarra vindos do lado de fora:

— Ora! O que é isso, Tom?! — Indaguei indo rapidamente até a janela.

— Não se preocupe, são um bando de fanfarrões que ficam nessa praça até tarde da noite e não importa o que façamos, eles só vão embora quando querem. Detestável, mas é a vida.

— Deixe-me cuidar disso, acredito que eles terão bom senso e respeito.

— Fique à vontade, mas adianto que não conseguirá dar um basta nisso.

Então, preparei a minha voz, ajeitei a minha gravata e lá da janela falei em um tom alto:

— Por obséquio, cavalheiros! Poderiam me ceder um minuto de vossas atenções?!

Tom vendo aquilo pensou: me fodi, o que eu estava pensando quando deixei ele intervir... E lá da praça se escutou risadas acompanhadas da seguinte frase:

— É o que?! Por obséquio?! Hahahaha.

— Aí, tiozão, veio dos anos de 1500?!

— Cavalheiros? Onde?! Volta a dormir e deixa a gente curtir a nossa festinha em paz!

— Cavalheiros, tenhamos bom senso, fomos interrompidos em meio de uma proveitosa conversa por causa de seus barulhos. Façam menos barulho, por gentileza. — Disse lá da janela de forma elegante e cortês.

— Quem você acha que é? A praça é pública, sabia?!

— Agora, a gente não sai daqui nem morto! Se quiser pode *vim* tentar nos tirar!

— Ora, é um desafio?! Logo à minha pessoa?! — Indaguei.

— "Ora, é um desafio?!" Hahaha — disseram todos os três em tom debochado e caíram na gargalhada.

— Não sei se são corajosos ou apenas ignorantes, criaturas ridículas! Mas aceitarei o seu desafio, me aguardem!

Vendo essa cena, Tom saltou da cadeira em que estava e com medo de que as coisas esquentassem mais, arrancou-me da janela e gritou lá de cima:

— Desculpa, pessoal! Ele é meu tio que mora no exterior, não sabe o que está dizendo, peço que o ignorem e continuem com o que estão fazendo aí!

— É bom mesmo pedir desculpas e cuida direito desse maluco aí para não incomodar mais! — Foi o que Tom escutou vindo da praça, acompanhado de várias gargalhadas e falas como "sem noção", "maluco mesmo, devia voltar para casa", "não se esquece de dar o remédio para ele".

— Uffa...

— Uffa??! — Indaguei inconformado com a falta de respeito.

— Sim, uffa! Acabei de evitar uma confusão daquelas... Na última vez que fizeram isso, esse pessoal ficou de pirraça fazendo barulho, gritaria e baderna até o amanhecer, sem contar que por ser um andar baixo, vai que jogam coisas aqui, né?

— Tenho que ir!

— Mas já? Não estava querendo ouvir a história da minha vida?!

— Estou insatisfeito com esse "uffa", e, aliás, tenho um desafio a cumprir e um trabalho a fazer.

— Antes de ir, pode-me dizer o seu nome?

— Gal, me chame assim. Mas a realidade é que possuo vários outros nomes.

— Quer dizer apelidos?

— Que seja! Ver-nos-emos em breve e continue escrevendo sua carta, não se esqueça.

Então, saí às pressas deixando Tom sem entender que trabalho era esse e muito menos o desafio. Ali na praça o barulho continuou até tarde, os moradores incomodados não puderam fazer muito, pois nem mesmo a polícia fazia. Tom, exausto por não dormir bem há dias, apenas se deitou e rapidamente dormiu.

Ao acordar, meio sonolento ainda, pensou que todo o ocorrido tinha sido produzido pela sua mente cansada:

— Foi um sonho?! — Se questionava.

— Sim, foi um sonho, certeza que foi...

Ao ir até a cozinha, viu duas xicaras e dois pratos sujos. Logo, meio assustado e sem querer crer, disse para si mesmo:

— Devo estar louco, acho que sujei mais do que devia... É isso! Não aconteceu nada! Seria muito incomum uma pessoa daquela ser real, qual era o nome dele mesmo?! Gal? Gali? G? Sei lá, foi só um louco sonho!

E assim, Tom seguiu a vida sem se preocupar com quem ele conversou na noite passada. Daí em diante, se passou uma semana, duas semanas, três semanas e lá se foi a quarta semana! O mais incrível de tudo, e foi de se estranhar, é que a praça nunca teve tanta paz.

A ÚLTIMA DANÇA

— Buuuh!

Vendo-me de repente, um homem elegante, alto, bem vestido em seu paletó, com sua cartola e luvas, o qual apareceu em um piscar de olhos em sua sala, claramente a pobre velhinha tomaria um susto, ela até se agarrou ao seu terço e começou a gritar:

— Socorroooo! — Uma velha mulher gritara.

— Perdoe-me pelo atraso, tive um contratempo — disse a ela.

— Socorrooo! — continuava a gritar.

— Lamentável, aqueles seres repugnantes da praça! Mas veja só, eu já estava nesse prédio mesmo, nem me atrasei tanto. Ainda bem que não sou um Lord inglês — resmunguei meio cabisbaixo e em um tom de voz de decepção.

— Socorooo! — Desesperada, ela ainda gritava.

— Triste, mas enfim é outra história... Sem escândalos! Isso não vai adiantar! A senhora já está virando russa, de tanto gritar já perdeu até o "r" e está gritando "socoroo".

— Ladrão! Socorrooo! — Gritava novamente a mulher.

— Mas que péssima titulação de minha pessoa! Vocês são bem inseguros dentro das próprias casas, ruim não é? E olha só o tanto de santos e imagem de anjos que a senhora tem, é tudo para proteção?

Dirigi-me ao altar que ali havia e cheguei perto da estátua de um anjo, a peguei e analisei:

— Era para ser o arcanjo Miguel? Ele deveria ver isso, iria ficar indignado! Usa até saias e sandálias romanas, está explicado o motivo de não funcionar. Vou fazer um favor para a senhora antes que Miguel veja isso, tudo bem?

Então, joguei a estátua no chão e se quebrou em vários pedaços. Com o susto, a mulher indaga:

— Por que fez isto?!

— Olha, vai por mim, Miguel ficaria muito bravo se visse isso, foi melhor quebrar. De toda sorte, esse santuário montado na sua sala não funciona de nada mesmo, acredite em mim.

Sem ar, a mulher se agachou no chão e começou a respirar fundo, dizendo:

— O que você quer? Pode levar dinheiro, pode levar o que quiser!

— Dinheiro? Isso de onde eu vim e para onde a senhora vai de nada serve.

— Para onde eu vou?! Vai me sequestrar? O meu filho é delegado, sabia? Você não vai escapar dessa, eu te juro! Quem é você?!

— Estou morrendo de medo, a senhora está me ameaçando? Claramente está atordoada, acontece frequentemente. Respira fundo, respirou? Eu sou a Morte, tã dãã dãã – disse à ela com um tom debochado.

— A morte?!

— Acertou! O seu prêmio é... Morrer! Vem para cá pegar o seu prêmio, a senhora foi a única ganhadora da noite!

A senhora, sem entender nada, levantou-se mais calma, respirou fundo e disse:

— Tu acha que sou otária? Posso ser velha, mas não sou boba! Vou chamar a polícia agora mesmo!

— Olha, está mostrando as garras, Lizz? Quem é aquela no chão?! — com um sorriso de canto de boca, apontei para o corpo dela caído ao chão.

— Não acredito... Isso não é possível, não mesmo...

— É muito possível, este é seu corpo morto no chão. Desde a hora que apareci, você já estava morta, gostei do seu showzinho, mas de nada adianta... O seu filho delegado, sabe? Ele não tem jurisdição onde eu piso, muito menos poder para lidar com alguém da minha estirpe. — Falei com um olhar de superioridade.

— Não é real, só pode ser um sonho... É isso, é um sonho...

— Mas como pode? Vocês sempre acham que é um sonho. Acredito que Freud deveria ter estudado mais os humanos, pois estão sonhando muito com a morte... Mas não os culpo, bonito do jeito que sou, até eu queria sonhar comigo mesmo.

— Eu morri? É isso? Não pode ser. — Dizia Lizz com lágrimas escorrendo de seu rosto.

— E nem precisou ter doutorado para saber isso, parabéns, Lizz, você acaba de descobrir que está morta! Podemos pular essa parte e te levar para o seu lugar? É que tenho um desafio a cumprir.

— Que parte? Pular que parte?

— A parte que a senhora vai tentar ser uma pobre coitada e pedir salvação, querer ir para o "céu" ou voltar à vida.

— Como sabe que eu faria algo assim?

— Lizz, pobre coitada, achas que me enganas?! Esconder-se atrás de uma imagem de boa velhinha não garante perdão dos seus pecados passados. Rezar e pedir perdão não significa ser perdoado. Na sua juventude, você causou muitos problemas aos seus pais, agravou a depressão de sua mãe até que ela partisse desse mundo. Atormentou a vida de todos que estavam felizes a sua volta, não direi detalhes, mas você sabe! Ahh como sabe! Até de seu filho delegado, está com o casamento por um fio por sua culpa, alma abominável. Por acaso você acha que meras palavras e rezas em templos vão te salvar? Faça-me rir! – Disse seriamente e com uma arrogância jamais vista.

— Não seja arrogante! — exclamou ela. Como eu poderia fazer tanta maldade em uma só vida? Sou uma pessoa bondos...

— Ah, é?! Explica-me quem é aquela?!

De uma só vez Lizz começa a tremer ao se ver no passado:

— Sou eu?...

— Escute só o que você falava para sua mãe em meio à crise de depressão dela!

E como se fosse um filme, ambos estávamos diante de Lizz e sua mãe em um quarto, no qual sua mãe estava deitada e Lizz ao chegar perto desta, sussurrava:

— Não me surpreenderia se o papai trocar a senhora por outra mulher e espero que seja uma esposa mais elegante, mais alegre que você. Nossa família era para ser mais feliz, mas graças a você, o papai só tem preocupações e nem sair posso, nem ao parque posso ir mais. Tudo graças ao seu fingimento e essa atuação de "oh! Que tristeza".

A mãe de Lizz caía em prantos e não conseguia parar de chorar, sempre que estava melhorando, Lizz fazia questão de julgá-la por estar doente e culpá-la por um egoísmo inexistente em sua alma, o que agravava da pior forma a situação de sua mãe.

— Eu me pergunto, Lizz: a que ponto a mente humana tem que chegar para considerar a morte como sendo melhor do que a vida... E, questiono mais ainda: a que ponto tem que chegar o desespero e sofrimento para que o humano cometa o pior ato contra si, tirar a sua própria vida. Dito isto, olhe mais adiante.

Imediatamente, todo o cenário já tinha mudado. Estávamos todos em um terraço à noite e na beirada do terraço estava a mãe de Lizz dizendo suas últimas palavras:

— Sabe o que sua mãe fez na sua última noite? — perguntei à Lizz enquanto víamos a despedida de sua mãe.

— Não... Não me recordo daquele dia.

— Naquela noite, sua mãe teve a sua última dança com seu pai, aquele foi o pequeno momento em que ela sentiu a paz e se sentiu acolhida novamente. Ao dançar caíam lágrimas de seu rosto, não só por estar feliz por dançar novamente com seu amado marido, mas por estar se despedindo de uma das pessoas que mais amava na vida... Após a sua última dança, ela foi até o seu quarto e lhe deu o seu último beijo em sua testa, dizendo que a amava mais que tudo e que agora as coisas melhorariam.

— Deus, se o senhor existe me perdoe pelo que irei fazer, mas não suporto mais tanto sofrimento — dizia a mãe da Lizz — Cometi injustiças ao tirar o pai de minha filha de perto dela com todas as preocupações que causei a minha família por estar doente e não me recuperar... Posso não ser digna de piedade e de perdão, mas pelo menos darei a minha filha o desejo de ter uma família melhor, não suporto mais ser culpada por tudo de ruim que acontece à minha filha... Pobre Lizz que você seja muito feliz com a minha partida e que os céus te abençoem com tudo de mais belo e bom que existir no mundo.

E ao concluir sua última fala olhando para o céu com sua face tomada por lágrimas de dor e desespero, a mãe de Lizz se jogou do terraço, vindo a óbito.

— Lembra-se agora, Lizz?! A sua mãe estava apenas doente e tinha cura, mas você preferiu ser uma tola egoísta e por não amar a mulher que te trouxe a vida, decidiu infernizá-la até que acontecesse o pior. Você acha que iria para o céu? Quer sentir um pouco do sofrimento dessa boa alma e do seu pai com a morte da sua mãe?

— Por favor, eu imploro...

— Implora?!

— Eu imploro... Eu imploro... Imploro — disse ela chorando.

— Pelo que?! Por outra chance?! A vida de sua mãe vai voltar? Acho que não.

— Por favor, eu imploro! Posso mudar! Dê-me uma chance?! — caindo aos prantos era o que Lizz suplicava.

— "Posso mudar", "Dê-me uma chance?", blá blá blá! Eu já ouvi esse papinho desde antes de Cristo, aliás, nem ele daria essa chance, coitados daqueles que escutam suas preces. Enfim, seu tempo acabou, aproveite a viagem, pois para onde vai só existe sofrimento e lamentação, mas quem se importa, né? Eu mesmo não.

Nesta hora, Lizz se viu em um lugar escuro, iluminado por pouquíssimas luzes e em uma cidadezinha pacata, com casas de tábuas que rangiam sem parar como se os rangidos fossem as lamentações e sofrimento das almas que ali habitavam. Passavam vultos longe das luzes, na profunda escuridão.

— Bem-vinda ao pós-vida que você construiu com as suas ações em vida. — Disse a ela com todo o tom de julgamento que poderia existir.

— Eu vou ter que viver aqui?! Em uma tapera?!

— Onde mais seria? Está vendo algum palácio?! Acho que não. Dou-te uma dica, sabe essas luzes bem fracas que ilumina o local?

— Sim, estou as vendo! — respondeu contendo o seu desespero.

— Quando elas apagarem é bom você correr ou se esconder, as almas não duram muito tempo na escuridão.

— Correr?! Correr de que?! — disse ela com uma face de espanto.

— Talvez da cobrança dos seus pecados... Não sei, não me misturo a existências inferiores como a sua e as que habitam esse local insignificante!

— Ajude-me! Eu imploro! — gritava sentindo todo o medo que podia.

— Boa sorte, é tudo que posso te desejar... Nossa, veja a hora, tenho que ir para o meu desafio! Adeus, Lizz, e se você sabe rezar, orar, que seja, agora é a hora para ver se alguma "divindade" te atende.

"A GENTE NÃO SAI DAQUI NEM MORTO!"

Sabe qual é a pior parte do meu trabalho? Esperar. Mas é essa espera que me possibilita o contemplar da vida. Enquanto as criaturas "inteligentes" se ocupam com o final, com resultados, eu apenas contemplo o processo em que a vida dá espaço à morte. Você pode viver um dia de cada vez, e mais um dia, e mais um dia; ou apenas morrer um dia por vez, e menos um dia, e menos um dia.

Mas não se engane, viver não é fazer tudo que quer, agir de forma desenfreada passando por cima de tudo e de todos. Viver é saber dar valor aos pequenos momentos, ajudar outras pessoas sem requerer nada em troca; viver está ligado ao sentir e ser. Mas muitos de vocês são criaturas impetuosas e não se importam com a necessidade empática, o eu sempre antes do tu... Até o seu eu conhecer os arrependimentos de uma vida má vivida através das minhas verdades.

Observe bem! Há desafios que não se podem vencer, ao menos vocês humanos! E com eles, eu passo aquela pior parte que falei, a espera. Pode ser ruim esperar, mas me divirto até. Aliás, tenho que passar o tempo de alguma forma, né?! Agora chegou o meu momento de brilhar, ou melhor, o momento de algumas pessoas apagarem. Acho que o meu humor está melhorando com o tempo, ráh!

— Olá, Cavalheiros! Como estão?!

— O que?! Conheço essa voz de algum lugar... — disse o primeiro atordoado.

— Sim! É familiar! Só não estou conseguindo me lembrar bem — disse o segundo entre gemidos de dores.

— Não é aquele tiozão do apartamento da praça? — Perguntou o terceiro desnorteado.

— Ora, vejo que estão todos aqui para a festa! E que péssimo gosto esse seu de chamar pessoas elegantes e com vocabulário sofisticado de tiozão. Não se lembram de mim, cavalheiros?!

Após uma longa pausa e escutar gemidos de dores, o terceiro homem responde:

— É o tiozão mesmo! Tenho certeza!

— Vejo que se vocês não estivessem embriagados se lembrariam de mim mais facilmente... Vou ajuda-los a rememorar.

E com um estalo de dedos estavam todos na praça olhando para eles mesmos, e lá se passava a cena em que um deles gritou para a janela do apartamento de Tom: "a gente não sai daqui nem morto".

— Lembram-se agora?! – falei, colocando-me à frente dos três homens de forma a estar com a cabeça levemente abaixada com a cartola fazendo sombra a minha face e apoiando minha bengala à frente do meu corpo no chão, aparecendo apenas aquele icônico sorriso de diversão.

Estando confusos com o acontecido, os três rapazes ficaram paralisados de medo, pois não sabiam como que foram parar num momento passado, muito menos não sabiam quem era eu, o homem que estava na frente deles. Então, um deles disse com uma voz trêmula:

— O que está acontecendo aqui?! Q... — sendo cortado por mim.

— Quem sou eu?! O que eu quero?! Se eu aceito o seu dinheiro?! Não, não quero nada disso e também eu não sou um delírio das suas consciências embriagadas, eu sou bastante real. Feliz por escutar isso Artur?! — disse a ele quase não conseguindo conter o meu sorriso sombrio.

— Eita!! Ele sabe o seu nome?! Você deve conhecê-lo! Isso é problema seu e não nosso Artur!

— Oras, Ben! Não sou problema de ninguém... Digo, posso te chamar de Ben? Não posso? Acho meio desagradável "Benjamin", nome de velho, não acha?!

— Como você sabe o meu nome?! Que palhaçada é essa que está acontecendo?! — Gritou Ben, ou melhor, Benjamin.

— Calma, cavalheiros! Aliás, eu sei o nome de todos, não é Charles?!

— Eu devo estar sonhando! Agorinha estávamos em um carro e do nada estamos nesta praça — murmurou Charles com as suas mãos na cabeça.

— Carro? É verdade! Aquela bugiganga de aço que só faz barulho e polui esse belo planeta... Voltemos aonde estávamos.

E novamente, todos se veem onde estavam inicialmente, ao meio de um capotamento de um carro. Porém, sentem que algo não condiz com a realidade, sentem todas as dores de um acidente, mas estão parados dentro do carro. Percebendo isso, Artur grita novamente:

— O que está acontecendo?! Por qual motivo não chega ninguém perto daqui? As plantas nem se mexem!

— Legal, não é?! Eu simplesmente parei o tempo! Vocês vão sentir a dor de suas mortes com intensidade até o último segundo de seus suspiros mortais. Qual razão disso? Acho que é porque vocês sempre gostaram de viver freneticamente a vida, com "curtição" e intensidade ao máximo! É assim que os jovens de hoje falam? Nem pareço mais um tiozão pelo jeito — disse olhando nos olhos de Artur que estava no banco do motorista.

— Me ajuda?! Não quero morrer! — em meio às fortes dores da capotagem, clamava Charles.

— Vou te dar uma mãozinha, só um minutinho!

Então, de repente arremessei um braço para Charles que estava dentro do carro:

— Serve essa?! Não é a sua, mas foi a única que encontrei e acho que o Ben não vai precisar mais, ele nem está prestando atenção na conversa... Ah! Ele desmaiou, coitado!

Nesse exato momento Charles começa a berrar desesperadamente e Artur se treme por inteiro, estando em choque com o que está acontecendo:

— Shiiiu! Que deselegante! Vai acordar o Ben, isso não é nada educado! Mas cá entre nós, vocês nem se preocupam em acordar as pessoas, né? Vou até te ajudar acordá-lo.

Dirigi-me à janela em que estava Ben, retirei uma de minhas luvas e lhe bati diversas vezes na cara até que acordasse, quando este acordou, disse-lhe:

— Desafio aceito! Ainda bem que acordou... Agora é a melhor parte! — disse caminhando para frente do carro.

— Desafio?! Quem é você?! — Disse Ben, um pouco atordoado.

— Exato! Desafio aceito!

— Mas quem diabos é você?! — gritou de uma vez Artur.

— Na Grécia, me chamavam de Tânato, conhecem?! Acredito que uma boa educação é essencial nesse momento — falei em um tom debochado.

— Era a personificação da morte na mitologia grega — disse Charles que parava de berrar.

— Ponto para ele! Por essa te deixarei vivo mais alguns anos! Venha para cá!

Ao tentar se levantar, Charles sentiu uma dor descomunal e percebeu que suas pernas estavam quebradas em várias partes, impossibilitando-o de se mexer.

— Como posso ir ai se estou com as pernas quebradas?! Vai me deixar viver?!

— Acredita que eu sou a morte?! — perguntei sem crer.

— Acredito!

— Sério?! — Perguntei novamente.

— Seríssimo!

— Interessante!

— Vai me deixar viver?! — repetiu Charles.

— É claro...

— Obrig...

— ... que não! — disse cortando o quase agradecimento de Charles.

— Para você isso é uma brincadeira?! — Revoltado e em lágrimas Charles exclamou.

— Brincadeira?! E para vocês? A vida é apenas uma brincadeira? Onde fazem e aprontam o que querem e por assim fica?! Bebem todas, ficam embriagados, quase atropelam pessoas inocentes; insultam todos por achar que são os melhores e ainda querem clemência. Ora, vossas santidades, o mundo vai além do que vocês conhecem, nele existem pessoas de bem que dão o seu melhor e que sofrem por causa de pessoas como vocês! Vejam ali, mais a frente, aquela mulher segurando o seu bebê, protegendo-o da possível colisão com o carro de três vermes alcoolizados. Se fosse para salvar um de vocês, quem vocês escolheriam?!

— Eu! — Afirmou Artur.

— Você?! Esse acidente aconteceu por sua culpa, você está bêbado e dirigindo! Não merece a mesma salvação que eu. — Disse Charles.

— Conversa entre bêbados é hilária! Tenho que buscar mais humanos assim. — comentei rindo.

— Vocês que inventaram de ir a essa festa, eu nem queria ir! — Argumentou Ben.

— Tenha calma, Maria vai com as outras! Cadê a amizade de vocês? Acabou do nada? Eram quase irmãos até pouco tempo e agora estão se matando para ver quem vive. Engraçada essas amizades, não acham?! Vocês humanos são egoístas ao extremo, cada dia parece que pioram e, ainda, querem que inocentes paguem pelos seus erros.

— Erros?! Nossos erros?! Estávamos apenas aproveitando a vida! — contra-argumentou Artur.

— Uhh! Aproveitando a vida, é?! — disse tirando a minha cartola da cabeça e levantando a sobrancelha.

— Exato! Foi um azar, falta de sorte ou sei lá inveja das pessoas lascadas que não são como nós e nem podem ser. — Disse Ben, ficando mais agressivo.

— Agora a fera está mostrando as suas garras? Que medo! Decidiram quem vai viver?!

— Não vamos entrar no seu joguinho! — disse Ben.

— Então, eu escolho quem vai morrer. Adeus Ben! — e em um estalo de dedos Ben morre, deixando os dois que sobraram desesperados.

— Vamos tirar na sorte! É o único jeito! — Disse Artur.

— Mas já mudaram de ideia, cavalheiros?! Inacreditável como são! — disse contendo minha risada.

Aceitando a ideia, Charles e Artur tiraram na sorte, tendo Artur vencido.

— Graças a Deus vou viver! — disse o vencedor em tremendo alívio.

— Isso é injusto! Vou ter que morrer por não ter sorte?! Isso não é justo! — Em prantos dizia Charles.

— Morrer por não ter sorte?! Não é isso o que acontece com centena de milhares de humanos por nascerem na extrema pobreza? Você nasceu em uma família abastada, já foi sortudo! Milhares de humanos morrem por nascerem com doenças que não possuem tratamento. Você é saudável. Milhares de humanos são mortos pela violência de onde vivem, visto que são abandonados pelos seus pares e pelos seus governadores. Você não sabe o que é violência, não sabe o que é azar! Apenas fez o desafio para o ser errado e "viveu" como se nada tivesse acontecido e como se nada fosse cobrado. Mas que pena, não?! No menor deslize nos encontramos novamente, para a sua "falta de sorte" e para a sua "injustiça".

— Nã... nã... nã...nã... Não quero morrer! Eu vou ser diferente! — Gaguejando disse Charles.

— Vo...vo...vo... você... nã... nã... nã... não vai morrer, pois já estão todos mortos desde que me viram.

— Mas escolhemos quem ia viver?! Você disse! — Artur exclamou.

— É, eu disse! Mas essa escolha não é de vocês, e jamais trocaria a vida daquela mulher e sua criança por uma vida desprezível como as suas. E digo mais, por terem me desafiado, receberam o que merecem; por terem vivido da pior maneira desenfreada, passando por cima de seus pares e com tamanha imprudência, os vi 20 a 30 anos mais cedo do que o previsto.

— Não era para a gente morrer agora?! — Espantado perguntou Charles.

— Exatamente! Porém, vou resolver isso. Espero que gostem dos próximos 30 anos, adeus almas penadas! — Disse colocando a minha cartola na cabeça e caminhando em direção à mulher e à sua criança.

Assim, os três rapazes se veem na praça em que faziam algazarra frequentemente. No entanto, estavam dentro do carro e se sentiam bêbados até que capotaram novamente, cada segundo durava uma eternidade e os faziam sentir uma dor jamais sentida em suas vidas e ao final de tudo, eles se viam novamente na praça, no mesmo carro, bêbados e capotando o carro e a cada vez suas dores eram mais intensas. Eles permaneceriam nesse loop os 30 anos que lhes faltavam para viver até que a morte os buscasse quando for a sua verdadeira hora de morrer.

— É, realmente, não vão sair dessa praça nem morto, hahaha, ironia do destino ou desejo realizado? Não sei... Talvez azar...

O ESCRITOR II: AMOR E SINFONIA

Tom, exausto de seu trabalho, voltava para casa e quando abriu sua porta teve uma surpresa:

— O que faz aqui em meu apartamento?! — exclamou.

— Nossa! Não sentiu saudades? Vim te ver, nem terminamos a conversa...

— Mas assim de surpresa?! Ei, calma aí! Como entrou no meu apartamento?!

— Oras, por acaso a morte pede licença para entrar em sua vida? Ela tem que abrir portas?

— Não me venha com esse papo para se esquivar das respostas! Como você entrou?!

— A porta estava aberta, apenas. — falei com um sorriso cínico.

— Não mesmo! Eu sempre tranco quando saio e dessa vez não foi diferente!

— Ora, se não acredita em mim, por qual motivo me perguntas como entrei?! É bem improducente de sua parte, além de ser de total deselegância!

— O quê?! Você invade meu apartamento e ainda está me julgando, não acredito no que está acontecendo... Devo ser o sorteado para coisas esquisitas acontecerem comigo.

— Em falar de coisas esquisitas, os nossos amigos da praça não estão mais fazendo barulho, incrível não acha?! — perguntei ao estar em pé perto da janela.

— Eu também acho incrível! E não é de agora, há dois meses que isso vem acontecendo, realmente é algo de outro mundo! — comentou pensativo.

— Hahahaha! Exato, bom homem, isso foi algo de outro mundo! Mas até que gostei... Tiveram um bom castigo — murmurei ao final.

— Humor incomum o seu, eu hein! Que tal ir embora? Preciso escrever.

— Ao que me parece você não escreve há muito tempo, olha só tudo cheio de poeira — disse ao passar o dedo na escrivaninha empoeirada e analisar que estava toda suja.

— Agora vai me fiscalizar? Eu não consigo escrever com frequência, dessa vez levou quase um mês... Minhas ideias vêm de repente e se eu as perder, não voltam mais.

— Entendo, vou me sentar aqui... E a sua carta? Terminou de escrevê-la?

— Não vai embora mesmo, né? Já experimentou ficar em um asilo? Lá você tem toda atenção do mundo.

— E pelo menos lá eles me oferecem chá com biscoitos, me parecem bem respeitosos ao contrário desses jovens de hoje em dia.

— Ah! Então é isso? Virei seu serviçal? E não, não terminei de escrever carta alguma!

— Que triste, mas não tenha pressa para terminar! Vai aproveitando a vida como ela é! Posso te perguntar uma coisa?!

— Não!

— Você sempre foi escritor?!

Tom foi até a cozinha, colocou a água para ferver, voltou e encostou-se a sua escrivaninha:

— Eu respondi que não tinha permissão de fazer uma pergunta... Céus...

— Que pena! Já fiz!

— Não, eu nem sabia se isso ia dar certo ou não... O meu tipo de escrita poderia não ser tão cativante, a intelectualidade poderia não ser correspondida pelo público. Antigamente, eu era advogado e publicava artigos científicos em revistas, mas como todo mundo, isso foi me cansando, mas me cansando profundamente. Não sentia mais vontade de escrever artigos, pois não via mais sentido naquilo já que em empregos ou quaisquer outros processos seletivos de nada serviam, é algo banalizado aqui nesse país, digo, não temos reconhecimento em pesquisa científica. O que tanto fiz foi em vão.

— E aí largou a advocacia?

— Prefiro dizer que ela me largou... Não estava sendo nada gratificante, já estava ruim de saúde de tanto trabalhar e me estressar por pouco. Realmente, eu fiquei muito mal de saúde, não sabia nem se ia melhorar... E tudo para quê? Por trocados que tive que usar para tratamento de saúde. Chega ser até irônico se matar de trabalhar para ganhar dinheiro para cuidar da saúde para se matar de trabalhar novamente...

— Que vida nada legal essa, hein! Mas como você resolveu escrever?

— Eu só escrevi, não pensei em nada... Então de madrugada vinham ideias à mente e eu ia escrevendo aos poucos, dos livros que lia eu refletia e escrevia, das coisas que visse e ouvisse ia escrevendo, foi surgindo, mas nada premeditado, só apareceu.

— Só apareceu? Isso se chama inspiração, meu garoto!

— Não acho que seja tão inspirador assim! Um de meus livro comecei em meio a uma forte crise depressiva, foi ali que tive um choque de visão de mundo, tudo já não fazia mais sentido, todos os esforços, já não conseguia ver o mundo e nem a vida da mesma forma, não sei se posso dizer que foi inspiração. Enfim, vai querer um chá?

— Claro! Não se esquece dos biscoitos! — falei alegremente.

— Tu só vem aqui para comer, né? Está pior que o meu amigo da sexta série, comia minhas balinhas, metade do meu lanche... No fim das contas viramos melhores amigos, mas ele comeu muito lanche meu, canalha!

— Devo entender ele, comer sem ter que pagar é mais saboroso! Olha que nem como muito e muito menos gasto dinheiro!

— Murrinha! Se contente com esses biscoitos, pois são os últimos!

— Não se esqueça de comprar mais então! Seria trágico para você não ter nada a oferecer! Você parece ser sozinho, por isso estou aqui fazendo um intervalo...

— Como assim sozinho?! — retrucou Tom.

— Oras, não tem uma companheira? Uma esposa? Sua idade já está avançada... Daqui a pouco morre e nunca amou, velhaco.

— Até parece meus tios no Natal perguntando cadê as namoradinhas.

— Você tem alguma?

— Não, a vida é complicada...

— Ann, qual é a desculpa para "a vida é complicada"?

— Veja, sinto que estou meio deslocado dessa época... As pessoas pregam o desapego, a superficialidade, o "amar" dez pessoas ao mesmo tempo, mas nunca amar verdadeiramente uma pessoa sequer.

— E bocê xá anou alguém? — falava de boca cheia

— O que? Engole antes de falar, ok?

— Isso aqui está muito bom, perdão!

— Acho que acabar com a comida da casa dos outros dá um tempero especial — disse Tom com um ar de deboche.

— Conte-me, como foi sua experiência com o amor?

— Na verdade uma desexperiência, hahaha.

— Nossa se for ruim igual a essa piadinha, eu vou morrer!

— Não foi tão ruim assim. Enfim, não consigo me apaixonar por muitas pessoas, elas têm que me encantar muito; não sei o motivo de não me interessar facilmente, talvez seja pela superficialidade da maioria, isso me causa tédio...

— Falou o Sr. Interessante!

— Posso não ser o mais interessante, mas superficial não sou! Eu exprimo a realidade dos meus sentimentos e sempre acontece o não esperado.

— Conte mais, estou curioso para saber das suas paixões!

— A primeira paixão que tive foi ao final do ensino médio...

— Típico desses jovens, mas continue.

— Ela era divertida, linda, tinha vários planos para o futuro e isso me chamava muita atenção. Lembro-me que teve um dia na escola que o professor de biologia nos colocou para fazer as atividades sempre juntos, não podia mudar a dupla. Eu não era o mais inteligente, mas gostava da matéria, e ela era bem inteligente. Fizemos as atividades e ela até corrigiu uma questão errada do próprio professor, naquele momento ela parecia só brilhar... Ainda bem que não falei "uau", mas poderia falar facilmente.

— Que lindo os pombinhos!

— Não enche! Deixa-me continuar.

— Continue, contador de histórias!

— Eu a achava incrível e tínhamos histórias parecidas, ambos não tivemos a sorte de ter um pai descente. O que fazia nós entendermos mais ainda a dificuldade que poderíamos ter enfrentado.

— Um casal de órfãos que vão adotar outros órfãos, que lindo!

— Dá para calar a boca? Come os biscoitos aí vai! Eu estava decidido ir além da nossa amizade, e para isso escrevi tudo em uma carta, o que sentia, como a via, e a enviei... Porém, a resposta foi mais ou menos "achei lindos os seus sentimentos e como você me vê, mas não é o momento para eu ter um relacionamento".

— Foi rejeitado! Nem espere piedade de mim se ela não teve com você!

— Fui, hahaha — estranhamente Tom riu disso e levou na brincadeira.

— Rindo da própria desgraça?! Adoro isso! — disse caindo em gargalhada.

— E tem mais!

— Da mesma garota?! Tenho até medo, já não começou nada bem!

— Não começou mesmo! Mas essa eu superei!

— Ainda bem, tem que preservar o pouco de sua dignidade humana!

— A outra foi no meu curso de direito, não era da minha sala, que azar! Mas passei o curso inteiro achando-a bonita...

— Foi rejeitado de novo?

— Não!

— Tem certeza?! — perguntei intrigado.

— Espera, deixa-me contar a história... Na verdade... Até que fui hein... Que fase!

— Como assim? Foi ou não foi?

— Bom, no início do meu curso de Direito, eu cheguei um mês atrasado para as aulas, pois consegui uma bolsa integral. Porém, as aulas eram muito fáceis e isso me dava tédio e sono. Sendo assim preferia estudar sozinho... Só assistia às aulas de sociologia jurídica, pois gostava do conteúdo e da professora, ela era excelente! Mas foi por isso que acabei me encontrando com essa garota, quando saía das aulas, para estudar outra matéria sozinho, eu a encontrava no corredor... Acho que ela estava chegando para a aula dela. Isso aconteceu várias vezes, o que chamou muito a minha atenção.

— Encontros do destino? Quem sabe?

— Acredito que não, só lugar e hora errada mesmo! Mas aí teve um semestre que falei sobre ela para um amigo, o incrível era que o canalha a conhecia, tinha estudado com ela em um dos semestres. De pronto, ele me passou o contato dela...

— Que ótima amizade a sua, hein! — disse cortando-o.

— Sim, foi uma das poucas que ainda conservei depois da faculdade. Continuando a história, tentei conversar com essa garota, estava indo até bem, a gente estava até rindo das conversas, mas depois, ela queria que eu delatasse o amigo que me passou o contato dela. Bom, posso ser tudo menos desleal e traidor! Acabou que não passei e ela me bloqueou. Na segunda tentativa, fizeram um grupo no aplicativo de mensagens e nos colocaram lá, sem me consultar... Só que não deu muito certo, lembro muito bem!

— O que foi? Rejeição instantânea?

— Hahaha, peguei a referência! Foi boa!

— Que referência? Não entendi!

— Mensagem instantânea, rejeição instantânea, entendeu?

— Não mesmo! Estava mais fácil quando você estava falando em escrever carta.

— Enfim, lembro-me muito bem daquele dia que fizeram o grupo, ali mesmo já brigamos... Em uma conversa, eu falava sobre algo em relação a apoiar virar político para ganhar um bom salário, pois o dinheiro é importante na vida. Porém, ela ficou brava de uma vez e disse que não ia adiantar nada o dinheiro se a pessoa estivesse deitada em um leito de hospital, que dinheiro não vale nada...

— Palmas para ela! Esse papel de vocês não vale nada mesmo, ela estava certa!

— Ei! Você está apoiando quem aqui? Fica calado e escuta a história!

— Só estou parabenizando-a pela boa conduta! Esta sim deveria ser sua companheira, iria te ensinar a viver melhor e valorizar mais a vida.

— Não me venha com essa! A saúde é importante, mas ter dinheiro também é! Pois só vivemos aqui nesse mundo se tivermos condições financeiras, as pessoas carentes precisam comer, precisam vestir, precisam de moradia e isso não cai do céu, muito menos ganham quando nascem. Se não tiverem dinheiro, a vida delas não anda, estarão estagnadas na miséria eternamente, é disso que estou falando... Quando se tem bastante em sua família, a sua preocupação é: o que vou produzir? O que vou fazer da minha vida? Quando se tem pouco ou quase nada, é: será que esse mês as contas fecham? Como vou poder estudar e crescer? Pensar que todos que tem saúde e são pobres serão felizes por sobreviverem em péssimas condições, é um luxo das pessoas que já nascem em berço de ouro. E foi nessa que discutimos e deu muito errado, pois depois disso a rejeição veio instantaneamente, e sim pelo grupo mesmo.

— Interessante o ponto de vista! Não tem como defender extremos sem brigas...

— Não tem mesmo! Haverá conflitos entre extremos! Mas foi mais uma facada e tive que me contentar pelos cinco anos do curso de Direito em vê-la e suspirar ao admirá-la... Ela era elegante, se vestia bem, tinha um sorriso lindíssimo e um cabelo longo bonito. Era apaixonante e intrigante, pois apesar de sentir um ar de inteligência nela, ela não exprimia isso durante o curso de Direito, talvez não fosse o que ela queria fazer, mas até hoje me pego imaginando nessa intriga, queria um dia poder conhecê-la melhor e solucionar essa intrigante questão.

— Às vezes a vida não é como queremos, jovem Tom! Tem que saber lidar com isso e seguir em frente... E temos mais candidatas?

— Candidatas? Virei prêmio agora, é?

— Pelo que vejo ultimamente, muitas das pessoas exibem seus companheiros como se fossem troféus... Vocês humanos são lamentáveis.

— Realmente isso acontece muito, vive de aparência esse tipo de pessoa... O que não conseguiria fazer. Mas sim, tem uma próxima, porém, mais complicado de contar, pois foi aqui que a tempestade piorou... Se você achou que estava ruim, é porque não conhecia essa parte da minha vida.

— Estou deveras curioso, sou todo ouvido!

— Bom, já sabendo que não ia ter chance e sabendo que estaria mais para uma paixão platônica essa última que te contei, eu segui em frente sem mais... Só não contava que quase no fim do curso ia me apaixonar rapidamente por outra garota...

— Foi essa que fez a tempestade piorar?

— Não, foi a depois dessa...

— Então pula essa, vamos para o mal completo, o caos reinando na Terra!

— Animador você, hein! Fala assim porque não é a sua vida...

— Deixa de drama, já é passado, ande! Conte da parte que tudo piora, hahaha.

— Tenho certeza que torcer por um final feliz, você não vai certo?

— Mantenho minha neutralidade, torcerei só por um final e nada mais.

— Enfim, eu já tinha terminado a faculdade essa época e comecei a advogar. Passei muitos apuros, mudei para um lugar novo com minha família, estive em meio a fortes crises depressivas...

— Nessa época que começou a escrever um dos seus livros? O que você comentou mais cedo.

— Sim, foi exatamente nessa época, foi muito ruim estar naquelas condições... Até que viemos para esta cidade, comecei a me animar mais aqui. Então, comecei a conversar por uma rede social com essa garota...

— Vocês hoje em dia não interagem pessoalmente não?! É tudo nesses troços.

— Acalme-se, escuta a história. Conversamos, conversamos mais e conversamos de novo, estava indo tudo bem até que do nada ela some sem dar avisos... Pensei que tinha acontecido algo com ela, mandava mensagem para saber e nada de respostas. Depois de um mês, ela reapareceu como se nada tivesse acontecido e quando a perguntei o que acontecera, a resposta era "sou assim mesmo, tento mudar, mas não consigo, desculpa!". Até aí tudo bem, relevei e continuamos nos conhecendo, mas as coisas só foram por água abaixo, pois a cada sumida, demorava mais ainda, até que no dia do aniversário dela, eu planejava dar flores, sim as flores que ela amava. Só que ela passou me ignorando durante uma semana inteira e veio me responder só após uma ou duas semanas do aniversário dela. Isso me matou! A sua dedicação ignorada, o seu esforço para o vazio de uma tempestade, acredito que ninguém merece ser tratado com tamanho desdém, mas como disse: as pessoas hoje em dia olham para as outras pessoas como um meio de satisfazer seus desejos, não querem nada profundo.

— A sociedade líquida de Bauman, caro amigo!

— Exato! Bauman conseguiu descrever tão bem a sociedade atual, não conseguiria descrevê-la de outra forma... Acho que o mal do século é essa falta de empatia, o vazio da humanidade no ser humano.

— Mas ainda acredito que pode piorar, certo?

— Se algo pode dar errado, dará... E dará da pior maneira possível, no pior momento e causará o maior dano possível!

— Ótimo! Digo, Lei de Murphy! Continue, hahaha.

— Bom, novamente, segui em frente, lidando com os meus sentimentos do jeito que pude, mas lá adiante não contava com as tramas do destino. Teve uma garota na faculdade, que desde que eu bati os olhos nela fiquei apaixonado... Os meus amigos e até minha amiga me ajudaram nessa, como sou tímido, fizeram a minha amiga pegar o número de telefone dela. Lembro-me que até comecei a conversar com essa garota, eu estava no meio do curso de Direito... Só que perdi o contato dela, roubaram o meu celular, que triste né? Onde eu morava não era aquela segurança toda, mas aí segui adiante.

— E como a trama do destino agiu dessa vez?! Poderia ser só lugar e hora errada de novo.

— Podia ser só lugar e hora errada de novo, mas acho que não foi. Veja, após eu ter me formado, estava em uma sociedade com amigos da faculdade, abrindo um escritório. Eu me lembrava de que essa garota tinha trocado o curso de direito por contabilidade e a gente estava precisando de um contador para cuidar das finanças do escritório. Por incrível que pareça eu mandei mensagem na rede social dela e ela me respondeu, ela tinha ativado a conta dela há uma semana.

— Que sorte, não?!

— Não sei dizer se foi sorte, ao fim você me dirá...

— Eu já estou ficando com dó e você nem começou a história, quer um abraço?

— Calma, vou pegar mais chá. Você aceita?

— Aceito, mas queria mais biscoito também... Vou morrer de fome aqui tomando só chá!

— Não tenho mais do biscoito de doce, vai se contentar com o de sal agora... Vou ter que fazer compra, você está acabando com a comida — resmungou.

— Não se preocupe, a vida tem que ser vivida nos pequenos momentos, não sabemos se estaremos vivos amanhã, não acha?

— Acho e até aceito numa boa a morte... É algo natural da vida e pelo menos vou descansar dessa tragédia.

— Dê-me meu chá, continuemos a sua tragédia com sua paixão de pós-faculdade, hahaha.

— Tu se divertes, né? Eu mereço! Onde paramos?

— Você tinha entrado em contato com ela, lembrou?

— Ah, sim! Eu entrei em contato com ela e ela me respondeu, fiquei muito surpreso, pois parecia que a conta estava abandonada. Nisso, colocamos o papo em dia, ela não estava mais fazendo contabilidade, então não podia mais contar com a ajuda dela para o escritório.

— Mas então? O que aconteceu?

— Aconteceu que mesmo assim continuamos a conversar. Conversávamos todo dia o dia todo, apesar dos anos que se passaram parecia que nos conhecíamos de longas datas e que aquele tempo sem conversar fosse como dias. Tivemos uma boa conexão e de forma espontânea. Como já estava no fim do ano, eu resolvi fazer uma surpresa para ela — Tom, nesse momento, toma um pouco de seu chá e olha para o nada, distraído, como se estivesse lembrando.

— Ei! Psiu! Está aí?

— Perdão... Lembro-me como se fosse hoje, ela tinha me dito uma vez que suas flores favoritas era o girassol — pausadamente Tom continuou — pesquisei durante alguns dias para achar um belo buquê de girassol, as lojas estavam com os estoques tudo em falta. Entretanto, consegui achar uma floricultura que tinha, e que buquê lindo, digno de presenteá-la. Então, enviei flores e um cartão dizendo o quão a achava incrível...

— E o que você achava incrível nela?!

— Tudo, até as suas imperfeições. Ela era dedicada, tinha sonhos e queria crescer na vida, era muito inteligente, tinha um humor único, era sempre carinhosa, o seu sorriso com covinhas era encantador, os seus olhos brilhavam, o nariz de coxinha era perfeito, até a sua indecisão em o que fazer, o que comer, era convidativa e junto a ela sempre me esforçava para sairmos dessas indecisões.

— Você está bem?! Parece um jovem apaixonado falando de seu amor... Supera!

— Hahahaha, sim, estou bem! Já superei, apenas falo abertamente dos meus sentimentos, as pessoas deveriam fazer mais isso. Enfim, sobre o buquê de girassol, ela adorou! Mandou-me fotos toda feliz, muito feliz mesmo. Disse-me que ninguém nunca tinha dado flores a ela, nem um cartão bonito a elogiando.

— Sério?! Em que mundo vocês vivem?!

— Foi a mesma coisa que me perguntei: "em que mundo estamos que não se dá mais flores a quem se gosta?!". O mundo já não é mais o mesmo, Gal... Muita coisa boa se perdeu no tempo.

— Às vezes até as pessoas se perdem no tempo, meu jovem! Dica de mestre: não dirija se beber, pode fazer o tempo parar.

— Como assim? Tu colocaste alguma coisa no chá? Não entendi nada, mas de qualquer forma, eu não bebo.

— Ótimo! Talvez viva mais — disse com um sorriso irônico no rosto.

— Voltando à história, eu fiquei imensamente feliz por ela ter gostado das flores, aquele fim de ano foi um dos melhores e os meses seguintes só melhoravam... A gente continuou conversando e se conhecendo mais e mais, ela tinha um jeito mais saudável de comer e direto tínhamos que encontrar coisas diferentes para ela comer, pois junto ao jeito dela somava-se a indecisão, era uma luta, mas sempre dava certo e ela comia algo.

— Isso não te cansava? Irritava? Sei lá, essa vida frenética dos humanos requer que não se gaste tempo assim. Mas depois que parte dessa para melhor tem todo tempo do mundo...

— De fato, tudo hoje é muito acelerado, mas isso nunca me impediu de dar atenção às coisas importantes para mim, e ela era uma... Ela gostava de algumas coisas: chocolate, brigadeiro e uns biscoitos artesanais que vendiam em uma loja do shopping em que ela trabalhava...

— Raah! Então ela era uma boa pessoa!

— Como assim? Por causa dos biscoitos?

— Eram esses mesmos que eu comi?

— Sim, esses mesmos. Por quê?

— Não tem como uma alma ruim ter um bom gosto assim, só digo isso.

— Não sei qual é o pior, você acabar com os meus biscoitos ou julgar a pessoa por gostar das mesmas coisas que você... Mas sim, ela gostava muito desses biscoitos, toda vez que podia comprava para alegrar mais o dia dela. Ela ficava toda sem jeito, o rosto dela ficava enrubescido. Uma coisa que ela nunca tinha experimentado e que gostou foi o brigadeiro de capim santo, naquele dia ela nem esperava por eles. Então, eu vi, comprei e falei: "não sei se vai gostar, mas é para experimentar, vamos te usar como cobaia e se for ruim não compro mais"; ela já ficou desesperada: "menino, não é para comprar as coisas assim, eu não sei o que fazer mais com você, fico sempre sem jeito". E nesse dia, ela descobriu algo que adorou, o brigadeiro de capim santo. Um dia você tem que experimentar, vai gostar!

— Eu? Brigadeiro de capim? Acho que vou recusar, mas pelo visto foi uma experiência e tanto, hein?!

— Tivemos muitos bons momentos e planos para o futuro.

— Humm! Conte-me mais, serei o seu psicanalista — disse sentado com as pernas cruzadas e limpando os meus óculos, que por sinal é apenas por estilo que os tenho.

— Psicanalista? Sabe pelo menos quem foi Freud?!

— Como não saberia? Ele teve umas ideias bem criticadas, mas foi considerado o pai da psicanálise, apesar de a psicologia considerar a psicanálise como um método intuitivo e não científico, temos um bom aprendizado com aquele humano fumante... Continue a história.

— Okey! Alguns dos...

— Espere! Não quer se deitar? Era o que se fazia de praxe...

— Não! Não quero, estou bem assim e você não é o Freud, deixa ele atender o pessoal deitado lá do outro lado.

— Que grosseria... Vai lá, continua!

— Sobre futuro, queríamos um bem diferente do atual, na verdade nem sei como está a vida dela hoje, então nem posso afirmar se o futuro que ela queria era diferente do de hoje... Mas conversávamos muito e falávamos sobre os nossos planos; primeiro, só sairíamos de nossas casas, se fossemos seguir uma vida juntos, para uma casa bem grande, com espaço verde, árvores, jardim e por minha exigência tinha que ter um cachorro. Filhos, ela queria três filhos, uma menina e dois meninos, a menina se chamaria Helena. Àquela época queria que meu escritório se tornasse reconhecido e por isso fazia de tudo para que o fosse. Já ela, tinha um sonho de abrir uma cafeteria com um espaço natural e um espaço de reuniões executivas. Ela chegou até se matricular em um curso de confeitaria, pois queria inventar as próprias receitas que um dia seriam usadas na sua cafeteria dos sonhos. Apoiava demais a dedicação que ela tinha para lutar pelo que queria e ajudava-a de todas as formas possíveis, com ideias, com o emocional, com tudo que podia. Trazia soluções e não problemas, se ela queria voltar a fazer contabilidade, mostrava que ela era inteligente e conseguiria uma bolsa, e assim ela conseguiu se dedicar e estudar, conseguindo a bolsa. Sempre dando o meu máximo para ela.

— Mas vocês pareciam se dar muito bem, o que aconteceu?

— Nem eu sei explicar, azar talvez? As coisas na minha vida desandaram de um tanto que só o que eu conseguia fazer era seguir em frente e rezar para que melhorassem, rezei tanto, mas tanto que um dia desisti, pois nada mudava. Nesse período da minha vida, eu fiquei muito ruim de saúde, fui recusado quatro vezes no mestrado, sendo dois mestrados internacionais e dois nacionais, fui recusado em três faculdades diferentes para orientar a prática jurídica dos alunos, saí da sociedade do meu escritório, pois já não estava bem lá e as coisas só continuaram acontecendo.

— O que você teve que abalou sua saúde?

— Amostra grátis de morte, hahaha.

— E gostou da amostra? Espertinho...

— Foi algo repentino, um dia estava bom e no outro já estava ruim. Eu sentia uma dor tão forte na cervical que me fazia enjoar. Não conseguia ficar fora de casa muito tempo, não conseguia fazer exercícios, não conseguia comer direito, tinha fome, mas enjoava a ponto de quase vomitar se eu comesse, o que me fez emagrecer bastante. Eu passava muito tempo deitado na cama e dopado de remédio para não sentir dor. Foram dias difíceis que só minha família sabe a dor de viver assim. Naquela época pouco me importava de partir dessa para melhor, não que agora eu me importo tanto, mas lá naquele momento de tamanha dor seria até um presente não sofrer com os problemas que lidamos ao ser seres humanos.

— E quanto a ela? Su amor!

— Mi amor? Ela mudou da água para o vinho, melhor, do vinho para água... Não conversávamos mais, não por falta de tentar de minha parte, mas por ela não querer corresponder; ela chegou a um ponto de me mandar procurar outra pessoa, de me mandar ir viver a vida, acredita? E aí tivemos o primeiro rompimento.

— Não acredito! Primeiro rompimento? Tiveram mais?

— Pois acredite, e sim, tiveram! No segundo, apesar de demonstrar claramente que queria construir um relacionamento com ela, ela falou que queria que eu fosse embora. Eu fiquei longe dela por um mês e nos reaproximamos novamente. E, no último, eu que fui embora de uma vez por todas.

— Por qual razão você foi embora?

— Ela começou a ficar estranha igual da primeira vez que nos afastamos, eu tentei, juro que tentei e fiz tudo que podia para me manter lá ao lado dela, porém tudo que recebia era desdém e no máximo um "não vou dar satisfação da minha vida". E nesse momento da minha vida o meu pensamento era de mudança, mudar tudo que não estivesse dando certo, agir diferente em todas as situações que afetaram a minha saúde, eu estava acabado psicológica e emocionalmente. Então, mudei minhas ações, me despedi e fui embora de uma vez por todas, não a procurei mais.

— As coisas morrem, as pessoas morrem, as relações morrem e isso é o ciclo normal da vida. Não acha?

— É inevitável, um dia tudo acaba, mais cedo ou mais tarde, sendo o mais tarde com a morte.

— Então como você lidou com isso?

— Não sou o tipo de pessoa que substitui uma pessoa que saiu da minha vida por outra, o desgaste daquela relação vai me acompanhar, mas os bons momentos também vão; diferente do que acontece nas relações de hoje, as pessoas substituem tudo o que não gostam, somente para se sentirem bem novamente... Eu apenas tento aprender com tudo o que senti e vivi, seguindo a vida, não tem muito que fazer e a vida não vai parar. Dizem que o tempo cura tudo... É a mais tola das mentiras, ele nunca curou e nunca vai curar, o que ele faz é nos mostrar como conviver com a nossa própria dor. E a dor está para vida assim como a vida está para a morte, é inevitável viver uma vida sem decepção, sem se magoar, sem ferir ou ser ferido por alguém, assim como é impossível fugir da morte. E, quanto antes aprendermos a lidar com essa sensação, com essa dor, com esse gosto amargo que a vida deixa em nossa boca, estaremos mais aptos a viver.

— Posso te provocar? — disse arqueando a sobrancelha.

— Tente, veremos se consegue.

— Tudo bem... Veremos! Do jeito que você falou dessa última garota parece que ainda tem sentimentos por ela, acertei? É verdade?

Tom tomou um gole de chá, olhou para o horizonte, olhou para baixo e deu apenas um sorriso tímido, como se já esperasse por aquela pergunta.

— Oras, você já esperava por essa pergunta, não é? — questionei.

— A verdade é que eu esperava, sim... Em um assunto como este é inevitável não chegar a essa questão.

— E então, jovem Tom, o que me diz? — perguntei me inclinando para frente e apoiando os cotovelos em minhas pernas, olhando diretamente nos olhos de Tom.

— O quer que eu diga? Teria como algo tão genuíno desaparecer da noite para o dia? Acredito que não. O amor que sentia por ela era verdadeiro, genuíno, mas não é que eu não sinta mais, porém, o que antes me controlava, agora eu o controlo. Amar sem ser amado é um castigo incomensurável.

— Não posso dizer que entendo, mas pelo pouco do seu sofrimento não deve ser a melhor coisa do mundo. E se ela voltasse a te procurar, você daria outra chance?

Nesse exato momento Tom se levantou de uma vez, tomou a xícara da minha mão e a soltou, caindo no chão e se despedaçando inteira.

— Eu ainda estava tomando meu chá — falei friamente e intrigado de não saber a razão de desmedida ação por parte de Tom.

— Desculpa-me! — disse Tom

— Desculpa? Você está sendo ingênuo em esperar que eu seja condescendente com um ato de tamanho desrespeito.

— Oras, minhas desculpas não fez a xícara voltar ao normal?!

— Não brinque comigo, Tom...

— Exatamente! Se um dia ela voltasse pedindo desculpas e querendo que tudo fosse como antes, isso seria impossível. Somos como essa xícara, estamos inteiros e perfeitos, carregamos conosco todos os bons sentimentos e damo-los às pessoas que amamos, como esse chá. Esforçamo-nos e fazemos o nosso melhor, ao menos eu fiz. Mas a partir do momento que ela jogou essa xícara no chão e a despedaçou, a partir do momento que ela tratou todo o esforço que fazia por ela e sentimento que tinha por ela como se fosse algo banal e que acharia em qualquer lugar, desvalorizando tudo que fiz unicamente para vê-la feliz, isso me quebrou...

Após dizer isto Tom se abaixa e começa a juntar os pedaços da xícara e continua:

— E mesmo se juntássemos os pedaços, veja, alguns vão continuar sumidos, mesmo se colássemos, haverá fissuras e também isso não trará o chá que se derramou de volta, igual ao sentimento que tinha antes por ela. Se eu disse que o amor genuíno não desaparece, isso não significa que ele sempre estará existindo com a mesma intensidade, o que sinto seriam pequenas brasas escapadas de uma fogueira, brasas essas que breve se apagarão, pois o amor não desaparece de forma natural como a fumaça, ele morre junto ao seu dono. E se deixássemos essa bagunça aqui no meio da casa?! Sem limpar e nem colar nada, Resolveria alguma coisa?

— Claramente, não resolveria nada! Só juntaria formigas, acredito eu.

— Exato! É por isso que o tempo não cura nada. Poderíamos deixar essa xícara aqui por dez, vinte, trinta anos, mas ela continuaria despedaçada do jeito que estava, não importa quanto tempo deixarmos aqui, o resultado final será o mesmo. O que muda é como você vai lidar com a situação, se vai juntar os cacos, se vai colar os pedaços, se vai limpar o chá que está no chão, isso depende de como cada pessoa age diante dessa situação.

— Intrigante como são os sentimentos dos humanos... Da próxima vez, não quebre minha xícara de chá, poderia ter explicado apenas falando! Entretanto, como você lidou com sua xícara quebrada?

Tom se levantou após catar os cacos da xícara, foi até a cozinha, voltou com outra xícara de chá e disse:

— Quando comprei essa aí, só vendia o conjunto, então eu tenho uma nova! — e começou a rir.

— Engraçado você, há-há-há, estou morrendo de rir. Responda-me, como você lidou? Agradeço pelo chá e fique longe até eu terminar, senta lá, vai.

— Okey, vou me sentar lá. Eu apenas cansei — falou dando uma pausa e respirando fundo – cansei de dar o meu melhor para o mundo, perdi a vontade e o interesse em querer me esforçar por algo ou alguém; se o mundo gosta do desleixo, ele que fique com aquilo, estarei eu longe dessa cena. Se as pessoas sentem que não merecem o meu esforço, não sou eu quem vai fazê-las mudar de ideia; se sentem que meus sentimentos não são dignos de reciprocidade, não tenho razões de sustentar essa unilateralidade. Então, apenas cansei de tudo, das pessoas, do mundo e da vida como ela é; apenas continuo dando um passo após o outro em um caminho, esperando um dia chegar ao final dele, o que traz paz de espírito ao não me forçar a dar meu máximo por aquilo que não vale mais a pena.

— E não terás nenhum arrependimento com isso?

— Não mesmo! Fiz tudo que podia... Ah, Como fiz e como tentei, dia após dia, semana após semana, ano seguido de ano e tudo isso só me fez ficar doente.

— E se... E se você pudesse fazer tudo diferente? Imagina se você não tivesse mandado aquela mensagem, se não tivesse a reencontrado, como seria a sua vida?

— É uma boa pergunta... Não teria gostado de ninguém a ponto de dizer que a amava, não teria rido junto dela, me preocupado se ela já almoçou ou não, não teríamos influenciado em nada a vida um do outro nem para melhor e nem para pior, não teria a feito sorrir nos dias em que estava triste e ela não teria me animado nos meus desânimos, não teria tantas frustrações, não teria dado o meu melhor e também, talvez... Não teria... — então Tom olha para frente com um olhar vazio.

— Tom? Não teria o quê? — questionou.

— Não teria... Deixa para lá — falou voltando a si.

— Você gostaria de apagar isso da sua vida?

— Por mais dolorido que tenha sido, não... Sou o que sou hoje por tudo que vivi e aprendi. A vida não é construída só com boas e felizes memórias, estas são como se fossem nosso alento dos dias ruins; as más memórias que nos lapidam a não querer viver a mesma coisa, a não aceitarmos determinadas situações, a mudarmos... E foi isso que me obrigou a ser diferente, talvez para pior, mas nunca nos mantemos no mesmo patamar depois das más experiências, sempre haverá uma resposta, cedo ou tarde... Mas... Às vezes... Penso que não seria uma má ideia... Se eu não tivesse nascido.

— Mas mudaria a vida de toda sua família e amigos, concorda?

— Concordo... Pode ser egoísmo meu, mas acho que todos estariam melhores assim, a vida seria melhor e não me pesaria a responsabilidade da influência da vida de ninguém.

— Humm, curioso querer não existir... Você não acredita que a vida tem um propósito? Uma razão para tudo acontecer?

— O famoso destino? As coisas acontecem de forma orquestrada por Deus? E tudo tem uma razão, até as coisas que não há explicação... Não acredito mais em nascermos com um propósito, isso não vem de fábrica. Podemos dizer que o propósito da vida de cada pessoa é criado por ela ao se deparar com as experiências vividas. Isso tá claro até na história.

— Continue com a explicação, quero ver onde isso vai chegar...

— Não nascemos sabendo o que faremos da vida, muito menos crescemos sabendo disso. Podemos falar "vou trabalhar com isso ou aquilo", mas pode ser que não dê certo ou então que você trabalhe com aquilo até morrer, mas não significa que teve um propósito de vida, pois você só trabalhou e se manteve vivo até a sua hora chegar.

— Mas e se esse fosse o propósito de vida dessa pessoa? Estar ali existindo apenas.

— Acredito que esvaziaria o que se tem por propósito, algo tão comum e irrelevante não estaria ligado ao que se tem de propósito, aliás, propósito de vida impacta tudo ao seu redor, do contrário diria que seria mais um estilo de vida.

— E como a história nos mostra o propósito de vida?! Já que você disse, hein?

— Veja, uma criança no início de sua infância foi obrigada pelo seu pai a estudar música todo dia por apresentar talento para aquilo, seria o seu propósito de vida tocar piano? Oras, ele estava sendo obrigado a fazer aquilo. Aos oito anos de idade já estava tendo aula com o melhor mestre da cidade. Pouco tempo depois já era elogiado como o segundo Mozart. Aos 11 anos começou a compor suas primeiras peças e continuou se destacando em sua vida como um gênio da música clássica. A pergunta é: essa criança teve desde seu nascimento o propósito de vida de tocar piano? Ela só foi deixada levar por interesses dos pais e continuou a vida assim?

— Já sei de quem se trata... Conheço muito bem, ele tem até uma famosa carta[4].

— Ele mesmo! E é nessa carta que podemos extrair o propósito de vida dele, quando Beethoven acometido por sua surdez e pensando em cometer suicídio diz "Só a arte me amparou! Pareceu-me impossível deixar o mundo antes de haver produzido tudo o que eu sentia me haver sido confiado, e assim prolonguei esta vida infeliz." Aqui ele deixa bem claro que mesmo sendo obrigado a estudar música quando pequeno, aquilo com o tempo começou a se tornar o seu propósito de vida, ele queria deixar para o mundo o seu melhor, queria realizar tudo que sua capacidade artística permitisse. Dessa forma, o propósito de vida deve estar ligado ao âmago do ser, aquilo que vai se despertar ao decorrer da vida, algo que você vai construindo

---

[4] A carta a que o diálogo se refere é o testamento de Ludwing van Beethoven, o qual ficou conhecido por Testamento de Heiligenstadt por ter sido feito em 6 de outubro de 1802, na cidade de Heiligenstadt.

e percebendo que realmente deve fazer. Por isso, a pessoa que tem um emprego e espera a morte, não teria um propósito... Ela está apenas existindo.

— Ele realmente tinha o dom para aquilo! Lembro-me que sua carta foi comovente, quando a li senti toda sua sinceridade e sofrimento, ainda mais quando diz: "Recebo com felicidade a morte. Se ela vier antes que realize tudo o que me concede minha capacidade artística, apesar do meu destino, virá cedo demais e eu a desejaria mais tarde. Entretanto, sentir-me-ei contente pois ela me libertará de um tormento sem fim. Venha quando quiser, e eu corajosamente a enfrentarei."[5] Uma nobre e honrada postura, os humanos deveriam aprender mais com a sua própria história.

— De fato muito comovente! E é compreensível estar em alívio ao chegar à morte, o seu sofrimento foi imenso... Acredito que não podemos ver a morte sempre como algo terrível, no caso de Beethoven, foi libertadora.

— "Meu Deus, sobre mim deita o Teu olhar! Ó homens! Se vos cair isto um dia debaixo dos olhos, vereis que me julgaste mal! O infeliz consola-se quando encontra uma desgraça igual à sua."[6] — recitei tal passagem da Carta de forma dramática e em pé fazendo gestos e poses, olhando para Tom — Parece-me que temos outro infeliz nesse quarto, só assim para entender a dor de Beethoven e a liberdade que a morte o traria.

— Pode ser que sim, não nego... Mas pode ser apenas uma empatia aguçada.

— Não temes a morte, infeliz?! — perguntei levantando a sobrancelha.

— Olha, até um momento da minha vida eu temia... Queria fazer muitas coisas, construir uma vida incrível, viver sonhos,

---

[5] BEETHOVEN, Ludwing van. *Testamento de Heiligenstadt*. Heiligenstadt, 6 de outubro de 1802. [domínio público].

[6] BEETHOVEN, Ludwing van. *Testamento de Heiligenstadt*. Heiligenstadt, 6 de outubro de 1802. [domínio público].

compartilhar tudo com a minha família e com uma companheira...
Mas depois de tanto tentar, não vejo o motivo de temer a morte,
ultimamente penso nela como uma amiga. E é como foi dito por
Beethoven, sinto que tenho tanto a contribuir, mas se vieres mais
cedo sentir-me-ei contente por me libertar. Venha quando quiseres,
a enfrentarei corajosamente.

— Perfeito! Palmas! — ao olhar o meu relógio de bolso,
completei — veja só a hora! Terei que ir ali, meus afazeres
me chamam!

— Nem vou te convidar para uma próxima visita, pois você
aparece do nada, sem nem avisar.

— Não se preocupa, já me sinto convidado pelas poucas
palavras ditas, aparecerei quando bem entender.

— Muito petulante você. Já percebi que entra aqui como
se fosse a sua casa e eu o servo que serve chá — disse Tom com
uma cara de descontentamento.

— Percebeu?!

— Sim! Você resolve me visitar logo quando estou escrevendo
a carta ou algum livro como seria o caso de hoje.

— Hahaha, então a escreva logo! Pode ser a sua última
chance, aliás, ninguém sabe quando será sua última sinfonia, não
é mesmo, meu amigo Tom? — disse colocando a minha cartola
e dando uma risadinha de canto de boca.

— Isso é verdade!

— Ah! Não se esqueça de comprar mais biscoitos! Uma
conversa sem essa preciosa iguaria não teria um bom sabor, parece
até a sua vida amarga uma conversa regada só por chá.

— Vou fingir que não escutei... Vai logo embora...

Tom se levantou e abriu a porta para o seu Ilustre "convidado" ir embora. Assim que fechou a porta, sentiu um sono
intenso e fora se deitar, ele parecia muito cansado de tudo que
vinha vivendo.

CONSEGUE SENTIR, SR. PRESIDENTE?

— Secretário, anuncie o Anderson, ok? Peça para ele entrar.

— Pronto, senhor presidente! Foi anunciado.

— Olá, cavalheiros! Como estão?!

Naquela hora o presidente olhou assustado para mim, com vestes formais nobres, de cartola e luvas, o que me garante um estilo único, e logo disse:

— Quem é você? Onde está o Anderson?!

— Caro presidente, o Anderson não vai poder vir ao encontro e eu vim no lugar dele — disse ao acabar de entrar no salão presidencial.

— Como você sabe que ele não poderá comparecer? Estava com ele?

— Agora eu sei o motivo daquele escritor não oferecer nem uma bebida quando aparece visita, a má educação já vem dos governantes — resmunguei.

— Me responda ou chamarei a segurança! Secretário chame a segurança!

— Secretário, desapareça dessa sala e fale que o senhor presidente está em uma importante reunião para todos que chegar — disse olhando nos olhos do secretário.

Logo, o secretário quase em que transe hipnótico acatou as minhas ordens, deixando-me a sós com o presidente.

— O que? Como fez isso? Responda-me! Sou o presidente desse país, mereço o devido respeito!

— Bom, a respeito do Anderson, aquele ministro, digamos que ele teve... Humm... Uma pequena indisposição quando estava lá na casa dele.

— Indisposição? Ele passou mal? — questionou

— Ann... Bem, digamos que ele não vai poder participar dessa reunião.

— Então irei remarcar para outra data, agradeço por comunicar.

— Vai ser um tanto impossível para ele comparecer às próximas reuniões também — cochichei pensativo.

— O que?! Não entendi! Fala mais alto aí, ok?

— Presidente, esqueça-o e vamos tratar de assuntos mais importantes. Que tal?

— Não tenho tempo para você, sou o líder de uma nação!

— Não se ache tão importante, todos um dia terão tempo para mim... Aliás, a sua agenda foi cancelada pelo seu secretário. Acredito que tempo terás de sobra!

— Não foi cancelada por mim, mas unicamente por sua culpa, fez alguma bruxaria. Terei que demitir aquele secretário, não sabe nem fazer o serviço que eu peço!

— Agora vamos voltar aos tempos da inquisição, Senhor ultra religioso? *Deus Vult!* — falei em um tom de deboche.

— Agora você quer me dar aula de história?! E o que tem a ver ser religioso e político? Tem algo contra isso?

— Henrique 8.º deve estar se contorcendo no túmulo ao escutar isso, coitado... Era uma boa pessoa, aliás, todos são bons... Até certo ponto, não acha?!

— Pare de falar asneiras! Não tenho tempo para as suas conversas unilaterais! O que você quer aqui? — falou já irritado.

— Pois bem, eu estou aqui em razão de o senhor presidente estar me dando muito trabalho, mas muito trabalho mesmo! Estamos em uma pandemia, mas aqui entre nós não era para morrer muita gente assim, *capisce*?

— Você é de alguma funerária por acaso? Quer que eu faça o que? Basta estar vivo para morrer, ora!

— Igual ao Anderson... Realmente, basta só estar vivo! — falei tirando a cartola e caminhando em rumo à mesa presidencial.

— Como assim? O Anderson morreu?! — perguntou surpreso.

— Já que não vai nem me oferecer algo para beber, sentar-me-ei.

— Eu quero que você vá embora!

— Respondendo a sua questão, não sou de funerária. E sobre o Anderson, o senhor presidente logo saberá! Ah! Se me permite dar algum palpite, essa doença já tem controle não acha?

— Pode ser que sim! Inventaram uma tal vacina! Mas não me é nada confiável.

— Inventaram? Não foram pesquisadores que chegaram à vacina? Métodos científicos não são baseados em achismo, concorda?

— E eu com isso?! Ano de eleição tenho que dar o que o povo gosta, o que o povo quer!

— A vacina, por exemplo...

— Vacina? O povo não precisa de vacina para uma doençazinha! O povo precisa trabalhar!

— Olha, eu achei bizarra a revolta da vacina, achavam que até virariam boi se tomasse a vacina contra varíola. Mas uma nova revolta da vacina encabeçada pelo "líder da nação" surpreende até a morte! Não me espanta o tanto de trabalho que estou tendo...

— Agora você vai querer me ensinar fazer o meu trabalho?! — questionou mais irritado ainda.

— Trabalho?! Milhares de pessoas morrendo país a fora e fala que trabalha... Coff... Coff... Trabalha...

— Saia da minha sala! Já perdi meu tempo com você!

— Tentarei ser mais convincente, senhor presidente.

Levantei-me de meu assento, fui andando até o centro da sala e perguntei:

— Qual é a diferença entre nós dois?!

— Nenhuma! Exceto eu ser o presidente e você um cidadão qualquer do país.

Ao ouvir isso comecei a andar de um lado para o outro com tamanha calma e repeti:

— Não mesmo! Há uma diferença, tente pensar!

— A diferença é que você é um desocupado e eu sou o seu presidente!

Então, ainda andando, estalei os dedos e parei de andar:

— Percebe agora?

— O quê? — perguntou desnorteado.

— O seu coração já não bate mais — falei com um sorriso cínico em minha face.

De repente o presidente se levanta em um susto ao perceber que o seu coração de fato parou:

— Como? Como é possível? Vou morrer! Chame a emergência! — gritava desesperado.

Ouviu-se outro estalo:

— Agora seu coração voltou.

— Maldito! Você é o que? Um demônio?! — questionava em um misto de raiva e desespero.

— Demônio?! Eu?! Não me classifique junto a esses seres... Estranho você ainda estar falando.

— Você é o que?! — indagou quase caindo sobre a mesa.

— Que tal se seus pulmões parassem?! — perguntei com um olhar frio e de superioridade.

— O quê?! Não, não faz iss...

Logo, o presidente começa a ficar sem ar e sem conseguir falar uma palavra sequer:

— Você assim calado me parece bem melhor, o som do silêncio ao estar ao seu lado é poético, confesso que me agrada — disse caminhando em direção ao presidente — por quanto tempo irá conseguir ficar sem ar? Quinze segundo? Trinta segundos? Um minuto? Quem sabe dois? Percebe que o tempo é relativo para determinadas situações? — ao chegar ao lado do presidente, eu fiquei de cara a cara com ele e perguntei olhando diretamente em seus olhos e com um sorriso estampado em minha face — quinze segundos sem poder respirar ao estar morrendo podem parecer uma eternidade de sofrimento, não acha? — então sussurrei em seu ouvido — agora pense nas pessoas desse país, em milhares de pessoas desse país que morreram por imprudência sua, sinta a dor e o sofrimentos dessas milhares de pessoas... Consegue sentir? Mas o terror para a sua alma não acaba aqui – ao dizer isso estalei os dedos novamente e o presidente voltou a respirar.

— Quem é você?! Maldito! — perguntou aos berros.

— Quem sou eu? Oras, senhor presidente, já que és tão religioso, pode me conhecer... Existe um interessante conto persa em que fala sobre um arcanjo que encontrou a matéria-prima para a existência do primeiro homem...

— Adão?!

— Não me interrompa, senão ficará sem ar novamente! Mas sim, para a criação de Adão. E esse arcanjo passou a ter o poder de separar o corpo e a alma dos homens, ele é conhecido como Azrael, o qual ganhou a função de anjo da morte — terminei de falar sorrindo.

— Impossível! Eu suplico a Deus todos os dias, Ele não faria algo assim comigo!

— Deus? Ele não faria nada com uma existência tão ínfima quanto a dos humanos... Mas eu... Já que a minha função é estar nesse planeta, assistindo aos horrores dos homens, poderei te ajudar a ser alguém melhor. Que tal?

— Não! Se afaste de mim, você não é um anjo! Está mais para Satanás em pessoa! — então se pôs a rezar.

— Inacreditável como a sua fé se intensificou com o medo... Já terminou?!

— Saia de perto, eu te ordeno por Deus!

— Isso não vai adiantar, acredite em mim!

— Isso aqui é sagrado! — falou pegando um frasco com água.

— Não acredito... Vai jogar água benta em mim?! — perguntei surpreso — se fizer isso te deixarei sem as duas pernas, isso é um aviso apenas.

O presidente em desespero por suas rezas não surtirem efeito, pegou o frasco de água benta que estava guardado em uma das gavetas de sua mesa e o despejou em minha cara:

— Não adianta nada avisar...

O presidente caiu de uma vez no chão, sem seus movimentos das pernas:

— Não consigo me mover!

— É mesmo?! Devia estar surdo também, pois te avisei antes.

— Pare com isso, cria de Satanás! Não aguento mais, o que quer de mim?!

— Eu nem comecei, agora que as coisas vão melhorar!

Naquele momento, ambos nos vimos em um velório e para a surpresa do presidente, ele era quem estava morto:

— Como?! Como eu morri?! — disse quase sem voz e tremendo.

— Da mesma forma que milhares de pessoas em seu país, a pandemia não vê classe social e nem posição política, a morte é a ocorrência mais democrática que existe, senhor presidente!

— Mas eu tinha muito que fazer ainda! Por que eu? Por que eu morri?! Faça-me voltar à vida já que é um arcanjo! Eu sei que você pode!

— Eu posso ser um arcanjo na visão dos humanos ou até um Deus, mas eu não faço milagres, presidente! Ah! No máximo que farei é ajeitar a sua postura... Que rude de minha parte te deixar aí jogado no chão sem poder andar.

— Olha... Olha... Olha para toda minha família sofrendo... Para com isso!

— Vou te ajudar, só dessa vez!

Ao ouvir isso, o presidente se viu novamente em seu gabinete. Estava tudo normal, ao menos parecia. No entanto, ele receberia uma ligação que mudaria a sua vida:

— Alô!

— Senhor presidente?

— Sou eu mesmo! Quem fala?

— É o Dr. Wilson, médico da sua família.

— Aconteceu algo, doutor?!

— Não sei como comunicar isso... Mas...

— Comunicar o que?! Diga de uma vez!

— É o seu filho... Ele não resistiu... Acabou de falecer.

— Como assim?! Ele estava bem uns dias atrás! — disse tremendo ao enfrentar a notícia.

— Sinto muito, senhor presidente, mas essa doença pandêmica agiu muito rápido no organismo do seu filho... Fizemos tudo que podíamos.

O presidente cai em prantos sem acreditar no que acabou de acontecer e escutando o seu choro, o seu assessor o ajuda a se levantar e se recuperar até saber o que de fato acontecera:

— Senhor presidente, volte para sua casa, vá descansar um pouco, pois irei cancelar a sua agenda até o senhor se sentir melhor.

— Agradeço... Por favor, ligue para minha esposa e diga que estou voltando para casa.

— Eu farei isso imediatamente! O que mais o senhor precisar é só me comunicar, tudo bem?!

— Agradeço muito... Estou indo — falava o presidente, ainda transtornado.

Chegando em casa, o presidente encontra sua esposa sem saber a razão dele ter voltado mais cedo, ao que parecia a triste notícia só tinha sido dada a ele, visto que ela agia como se nada tivesse acontecido:

— Vivian, está tudo bem?

— Está! Como não poderia estar?

Ela olhou para a face dele e ele começou a chorar, pois não conseguia aguentar mais a dor:

— Amor? Aconteceu algo?! Por que está chorando?! — perguntou ela sem saber de nada.

— Então... Então... Você não sabe ainda? — perguntou em meio às lágrimas.

— Saber do que?! O que eu deveria saber?! — agora ela já estava assustada.

— O Dr. Wilson acabou de me informar que o nosso filho faleceu... Maldita pandemia!

— O que?! Como assim?! Como pode?! — perguntava ela sem querer acreditar.

— O doutor me disse que a doença se espalhou e se agravou rapidamente no organismo dele, não conseguiram fazer nada para curá-lo — falou o presidente enquanto abraçava sua esposa em choque.

— Não pode ser! Não! Não! Não! Meu filho tinha uma juventude inteira pela frente, a sua formatura era semana que vem! Como?! Como isso aconteceu?! — disse ela ao se deixar cair no chão enquanto chorava.

Em poucos dias foi feito o velório do filho do presidente. Embora a história não tivesse acabado por aí. Nos dias que se seguiam, o presidente percebeu que sua esposa não tinha mais ânimo para sair de casa nem mesmo para fazer as tarefas comuns do dia a dia que fazia antigamente. Ela parecia estar em um profundo desânimo, no entanto ele pensara que era apenas o luto.

Assim, continuou a passagem dos dias, semanas, um mês e nada mudou, até que sua esposa adoeceu e foi levada às pressas ao hospital. Lá, o presidente descobriu que sua esposa na verdade estava com depressão, em razão disso não se alimentava bem, não praticava mais exercícios e por esses e outros fatores a imunidade dela abaixou consideravelmente, levando-a a contrair a mesma doença que vitimou seu filho.

Sabendo disso, os médicos disseram que iriam fazer tudo que estivesse ao alcance deles, mas que seriam poucas as chances de ela sobreviver. Uma semana depois de internada em uma UTI, sua esposa recobrou a consciência querendo a companhia de seu esposo por perto, como se quisesse falar algo, então, o presidente se dirigiu até o quarto de sua esposa:

— Vivian? Você está bem?! Está melhor?! — perguntava ele preocupado.

— Amor... Que bom que você está aqui... — falava com dificuldade por ainda não ter se recuperado.

— Sim! Estou aqui ao seu lado! Nós vamos sair dessa, você vai ver!

— Escuta... Escut... E... Eu... Só...

— Não se esforce muito, tenta descansar.

— Preciso falar... Eu queria dizer... Que... Te amo... Sempre... Sempre... Te amei... Você é incrível... Para mim...

Após essas últimas palavras, Vivian parou de respirar:

— Vivian?! Vivian?! Volta para mim! Não me deixe! Não! Você é a única pessoa que tenho! Médicos! Chamem os médicos! — gritava o presidente atordoado, sem saber o que fazer.

Retirado do quarto por enfermeiros, ele teve, mais tarde, a notícia do falecimento de sua esposa. A tragédia foi noticiada em todo o país e no mundo, a sua esposa morreu da doença pandêmica que o presidente desdenhava.

Após dias sem ir ao gabinete presidencial, o presidente resgatou forças para voltar ao trabalho... Ou quase isso. Seus planos era ir ao trabalho, mas não para trabalhar:

— Bem-vindo de volta, senhor presidente! — disse seu assessor.

— Tem algum helicóptero no heliporto?!

— Não, senhor. O senhor quer que eu chame um helicóptero?!

— Não, só vou tomar um ar lá em cima. Se perguntarem por mim, diga que estou em casa.

— Sim, senhor! Farei isso!

O presidente logo subiu até o heliporto, trancou a porta para que ninguém pudesse o incomodar e foi caminhando pensativo para a borda da plataforma:

— Não aguento mais esse sofrimento, perdi tudo, perdi minha esposa e meu filho para aquela doença maldita — pensava ele — não tenho mais razão para viver assim, por qual razão ter tanto sofrimento assim na vida?! Estou pagando os meus pecados?! Por que eu?! Por quê?!

E assim se encontrava na borda da plataforma, olhando para baixo, até que ouviu:

— Consegue sentir, senhor presidente?!

— Sentir?! — perguntou desnorteado.

— Sim... Exatamente, sentir! — sussurrava a voz.

— Sentir o que?! Por que não consigo te ver?!

— Agora sente a mesma dor daqueles que teve a desgraça igual à sua, senhor presidente?!

Ainda desnorteado em ouvir aquelas palavras, o presidente procurava de onde estava vindo a voz, até que percebeu alguém atrás de si e se virou:

— Não pode ser! Você... Você que fez isso?! — falou em um misto de desistência e raiva.

— Estou aqui para te ajudar apenas... Você ia pular?! Suicídio é uma forma covarde de se enfrentar a vida e se encontrar com a morte, não acha?! Se quisesse me ver antes, era só chamar. Aliás, eu estava lá quando seu filho e sua esposa morreram... Eu te disse que morrer é o natural da vida, mas que vidas estavam sendo ceifadas antes da hora em razão de sua negligência.

— Maldito! Foi você que os matou?! — gritou o presidente.

— Eu?! Eu mesmo não... Quem os matou foi essa pessoa à minha frente.

Nesse momento, o presidente se via face a face com uma pessoa idêntica a ele:

— Não... Não... — falava o presidente atordoado.

— Sim, enfrente a realidade como ela é... Foi essa pessoa que matou a sua família e você sabe disso — falei em sua forma.

— Foi você, seu verme! — e em um impulso o presidente tentou ir para cima de mim, porém, já era tarde demais. Ao perceber que o presidente tentaria me agredir, apenas o empurrei com minha bengala aristocrata e lá do heliporto ele despencou.

— Cuidado com o que diz e para quem diz, pobre humano — disse ao estalar os dedos.

— O que? Estou vivo? Eu não tinha caído?! — perguntava o presidente sem saber o que aconteceu ao certo.

— Posso te matar e trazer de volta quantas vezes eu quiser — então, o empurrei novamente e ao estalar os dedos o presidente voltou à vida como se não tivesse caído do heliporto — viu? Agora compreende a razão de algumas culturas me considerarem um deus?!

— Você falou que ia me ajudar, mas tirou tudo de mim, você não é um Deus!

— Como foi o sofrimento de ver seu filho morto para uma doençazinha?! Diga-me, insolente! – disse com ar de superioridade.

— Eu... Eu...

— É tudo o que tem a dizer?! Como foi ver a sua esposa morrer diante dos seus olhos sem você poder fazer nada?! Sentiu a dor? — perguntei face a face — sentiu o sofrimento? Hein?! Você deve ter sofrido muito para querer tirar a própria vida. Estava sem razão para viver?! Patético! E tudo que me consegue dizer agora é "eu... eu...".

— O quer que eu faça?! — perguntou o presidente quase sem voz.

— Olhe para o seu povo! Milhares de pessoas perderam pais, mães, filhos... Muitos perderam sua família inteira e são obrigados a conviver com essa dor, com esse sofrimento, dia após dia, e convivem com isso sabendo que poderia ser diferente se o "líder da nação" fizesse alguma coisa por eles ao invés de ser um corrupto!

— Eu não sou corrupto! — declarou o presidente.

— Quer mentir para mim?! A sua esposa morreu sem saber das suas amantes, das suas tramoias, dos seus desvios, para ela você consegue mentir, pobre coitada. Isto é por ela, sinta mais uma vez a dor da morte — e dessa forma o presidente é empurrado mais uma vez lá de cima e trazido a vida — voltou tocado pela luz divina da sinceridade, senhor presidente?! — falei em um tom de cinismo.

— Tudo bem! Tudo bem! Eu confesso! Sou humano e eu erro também!

— Ora, humano, é? Temente a Deus?! E fazendo tanta coisa errada assim? Acha que é só pedir perdão e, puff, tudo desaparece?! Cada ato de corrupção, de desvio, vocês políticos corruptos tiram os sonhos de milhares de pessoas em ter um bom futuro e, pior que a morte, é fazer uma nação ir padecendo lentamente, sem esperanças de dias melhores.

— Eu irei mudar! Estou mudado! Acredite em mim! — suplicou o presidente.

— É o que vamos ver! Lembre-se dia após dia da minha existência, é o que eu espero! E não ache que foi um sonho, pois não foi — assim, eu o empurrei novamente do heliporto.

Em uma sinistra e incomum tempestade, o presidente acordou assustado em seu gabinete ao som de relâmpagos. Porém, sente dores em quatro pontos diferentes como se tivesse sido empurrado ali. Ao ir ao banheiro e retirar sua camisa percebeu como se fossem marcas de bengala, recordando do seu terrível "pesadelo", o que para ele pareceu muito realista.

Ainda no banheiro e sem acreditar no que acabara de acontecer, ele ligou para o seu filho e sua esposa, ambos vivos. Em prantos ao telefone, ele jurou a sua esposa que mudaria tudo e que agiria para salvar o maior número de vidas que conseguisse, esse era o seu novo propósito de vida.

Após terminar sua ligação, começou a lavar o rosto e percebeu que as luzes estavam ficando fracas de forma a apagarem e acenderem rapidamente, o que permitiu ver de relance no espelho uma face, bem como escutou:

— Não foi um sonho...

O ESCRITOR III: DEUS E ADEUS

Din-don.

— Já vai!

Din-don, din-don.

— Já disse que estou indo! — disse Tom mais ríspido.

Din-don, din-don, din-don, din-don.

— Se tocar de novo a campainha, mais uma vez que seja, vou te esganar! — gritou Tom.

Din-don.

— Espere-me aí!

Quando Tom abriu a porta, não havia uma alma viva a sua espera. Porém, a surpresa veio quando se virou:

— Aahh!! — tomou um susto — como diabos você conseguiu entrar no apartamento?!

— Que péssima educação, Tom! Deixar a sua visita esperando do lado de fora e ameaçá-la de morte. Você demorou então dei o meu jeito de entrar... Depois fica falando que tem que bater à porta.

— Eu nem sei o motivo de perguntar como entrou aqui, você nunca diz... Enfim, esquece... E por que você aparece só de madrugada?! Ah, esquece isso também!

— O que estava fazendo que demorou tanto?! — perguntei.

— Eu estava vendo a notícia de que o presidente tomou medidas contra a pandemia que está assolando o país.

— É, o esclarecimento divino desceu à mente daquele homem — disse com um sorriso de canto de boca.

— Uaaaah... Divino, é? – disse bocejando.

— Tom, você parece estar acabado. Não dorme não? E, sim! Divino!

— Passei várias madrugadas escrevendo o livro e terminei a minha carta... Não sei se seria divino o que tocou o coração daquele homem, mas ao menos o fez agir.

— A carta? Muito bom! Levou bastante tempo hein.

— É... Eu estava meio hesitante... Mas vou colocar na postagem amanhã para mandar para minha família.

— E por que não manda por essa bugiganga que você usa para conversar? – perguntei curioso.

— Tenho meus motivos para mandar por via postal... E não, não vou te dizer! Senta aí, vou dar uma pausa no livro e fazer um chá para nós.

— Comprou os biscoitos?!

— Você vai ter que começar a ajudar a pagar o lanche, não virou albergue aqui!

— Comprou ou não comprou?

— Comprei! E dos melhores! — falou ele mostrando os potes com os biscoitos que comprara.

— Que boa alma! A sua última amada devia ser feliz e não sabia... Agora sei o motivo de ela ter se apaixonado por você! — falei em tom de deboche.

— Não venha ressuscitar assuntos enterrados! Deixa-a lá vivendo a vida dela, e eu aqui dando chá e biscoitos para um doido que se veste igual à aristocracia.

— Que péssimo humor!

— Aliás, não está com a cartola hoje, sem o blazer... Está de folga?!

— É verdade! Mas eu nunca tiro folga, só vim mais à vontade fazer uma última visita a um amigo.

— Não vai mais voltar?! Vai viajar?! — perguntou ele espantado.

— Digamos que sim!

— Entendo! Vamos, pegue o seu chá e coma quantos biscoitos conseguir... Hoje está liberado, aliás, não sabemos quando você volta!

— Viu?! Ela se apaixonou por essa gentileza! Que meigo! — falei rindo dele.

— Já disse para esquecer essa história!

— Posso te perguntar uma coisa?

— Se não for relacionado a "ela" que você pega no meu pé, pode.

— Okey! Primeiro, isso aqui está muito bom... Essa loja devia vender em mais lugares do mundo, só acho.

— Pergunte!

— Você não acredita em Deus?! É só tocar na palavra "Deus" que você faz uma cara de tédio com desânimo.

— Não é que não acredito nele... Mas, veja, eu sinto que a maldade desse mundo não tem diminuído e só não consigo conceber a inércia de um Deus "onitudo" frente a tudo de ruim que acontece no mundo.

— Onitudo? — perguntei curioso.

— Onipresente, onipotente, onisciente... Aquele que tudo sabe, em todo lugar está e todo poder possui.

— Entendo! Mas não temos que considerar o livre-arbítrio?

— Antes de entrar nesse assunto, pense em uma coisa: se você é um ser todo poderoso, que tudo sabe, que está em toda parte, por qual razão criaria uma raça como a nossa?! Aliás, você sabe que faríamos o que fizemos! De guerras à destruição da natureza. Se você já sabia disso no ato da criação, qual o motivo de não ter feito diferente? Ou será que até mesmo Deus tem arrependimentos?

— É um bom questionamento, conheci algumas pessoas que argumentavam de forma parecida.

— Sério?! Quem?! — perguntou ele surpreso.

— Se chamavam Protágoras, Górgias entre outros.

— Está me chamando de sofista?!

— É o que pareceu?! — perguntei ironicamente.

— Bom... Os sofistas tinham para si que tudo era relativo e uma marca, deles também, era pautada por um forte ateísmo. Mas não sou baixo de fazer tudo para ganhar um debate, muito menos ateu. Apenas tento refletir sobre essa imagem construída de um Deus, o que não condiz com a realidade. Nesses termos, uma dialética me sai bem melhor para refletir sobre o tema.

— Então, se sua criação é defeituosa, você a destruiria? Xeque! — perguntei a Tom levantando a sobrancelha.

— Não! Mas se já sei que é defeituosa, qual razão de abandoná-la à própria sorte? Creio que esta seria a reflexão a se fazer.

— Sofista! Está relativizando novamente.

— Não estou. Pensa comigo, se você vai criar uma nação e ela tem um exército fraco, o ideal é que aprimore o exército para não sofrer invasões. O mesmo seria com nós humanos. Se Deus sabia que a criação da sua imagem e semelhança ia ser defeituosa, por qual razão não os aprimorou na criação?

— E se esse aprimoramento de sua criação for pretendido durante a vida?! É vivendo que o ser humano se aprimora intelectual, espiritual e emocionalmente, não?! E, para que isso ocorra, vem a liberdade do livre-arbítrio — expus provocando Tom.

— Liberdade?

— Exato! A liberdade de escolha! — disse pensando ter encurralado o jovem escritor.

— E se eu te disser que ser livre dentro de muros não é ser livre, vai me chamar de sofista de novo?!

— Continue, estou curioso para saber mais.

— Veja, a religião x parte do princípio de um Deus bondoso, misericordioso, que deu aos homens a liberdade de escolha. Porém, questiono: temos alguma escolha potencial?! Você pode escolher comer ou não esse biscoito, certo?

— Certo!

— Se eu jogar tudo no chão, você ainda pode escolher comer ou não.

— Exato!

— Mas se eu comer todos os biscoitos, você não terá escolha alguma! Você só tem liberdade de escolher uma opção dentro das possibilidades que pode seguir!

— Então estaríamos dentro dos muros? — perguntei.

— De fato! Vou tentar ampliar mais. Uma pessoa que quer comer biscoitos, ela vai ao mercado e compra com o seu dinheiro. Ela tem a vontade e escolheu a marca, até aqui tudo bem. Mas e se esse mercado estiver desabastecido?

— Ela pode ir a outro!

— Pode, realmente! Mas esqueceu de determinar a condição financeira daquela pessoa para ir a outro mercado, pois se for longe e não tiver dinheiro para pagar o transporte ou a gasolina do carro, não irá. Ou até mesmo se for muito longe, a pessoa não irá por julgar que não vale a pena.

— Mesmo assim ela fez uma escolha! E ela pode escolher comer outra coisa também.

— O que vai de encontro com o que acabei de te dizer! Essa pessoa não terá uma livre escolha, ela terá que escolher dentro das opções que são oferecidas, gerando uma falsa liberdade de escolha. O que na verdade não se pode considerar uma liberdade. Isso fica pior a cada passo que damos ao centro de origem da religião, pois o controle de massa era bem maior.

— Estou ouvindo, continue — Falei enquanto comia os biscoitos e o escutava.

— Se coloque naquele tempo de escravidão. Poucas pessoas tinham boas condições de vida. Como que compraria um pão para dividir com a sua família?

— Trabalhando!

— Louvável decisão! Mas trabalho lá não era igual hoje que era ir à loja e entregar currículo e pronto! Contratado! E mesmo quem trabalhava, vivia em péssimas condições.

— As pessoas furtavam e roubavam com mais frequência — disse a Tom.

— O que vai contra o que? — ele me perguntou.

— Os dez mandamentos, certo?!

— Certo! Então, nessa origem você tinha a escolha de trabalhar passando fome para sobreviver de miséria ou roubar sabendo que a condenação divina era o inferno. Como se pode ter livre-arbítrio entre passar fome ou ter a condenação divina?! Continuamos dentro desses muros ao falarmos de livre-arbítrio, pois não temos liberdade irrestrita, temos as opções que "Deus" nos dá. Você não tem livre escolha de como agir, mas tem tão somente uma discricionariedade limitada ao que "Deus" quer. Liberdade de escolha não é liberdade se tem que fazer a escolha com a espada do carrasco em seu pescoço... Xeque!

— Você seria um belo sofista! Sempre foi escritor?!

— Isso não é a baixeza dos sofistas, estou apresentando uma argumentação válida. E, não... Eu era advogado.

— Está aí o motivo! Seu cliente deve estar te pagando bem, vai ser uma vida boa lá embaixo — falei fazendo chacota com ele.

— Eu não advogo faz tempo! Nem cliente tenho mais... Quem está sendo sofista aqui é você, desviando o assunto!

— Mas e se for igual te disse, de o aprimoramento do ser humano se dar enfrentando as dificuldades?! — provoquei-o novamente.

— Acredito que é romantizar o sofrimento... A pessoa não precisa passar fome para dar valor ao que come, ela não precisa ser pobre para dar valor às conquistas materiais, a pessoa não precisa ser doente para dar valor à saúde. Veja, a partir do momento que o ser humano existiu, não tem o que se chama de livre arbítrio, visto que todas as suas decisões não são de pura escolha sua, mas são influenciadas por diversos fatores, desde psicológico, religioso até econômico, dentre outros e arrisco dizer, principalmente na atualidade, o econômico. Mas preferimos acreditar no sonho de ainda poder escolher e que Deus nos deu essa benção.

— O que está me propondo é um contrato social? Em que Deus concedeu o livre arbítrio e o ser humano abriu mão dele para viver em sociedade?

— Acredito que nem como contrato social caberia a ideia de livre-arbítrio, pois o livre-arbítrio vai em caminho contrário ao contrato social. Lá você abre mão de sua liberdade para que o governante seja o provedor das necessidades sociais e econômicas da sociedade. Já no livre arbítrio você estaria vivendo em sociedade e poderia escolher o caminho que quisesse tomar. Não teria que abrir mão de sua liberdade.

— Mas uma liberdade irrestrita tornaria o planeta em um lugar caótico, é inconcebível até de imaginar. Não acha?!

— Concordo. A natureza mesquinha do ser humano ia falar mais alto. Porém, a religião não pode vender o livre-arbítrio como algo dado aos homens. O livre arbítrio se assemelha mais a uma não responsabilização da divindade/igreja pelos atos das pessoas. Afastando a figura de Deus da do humano "pecador", daquele humano que transgredir os mandamentos. É como se fossem os pais de uma criança.

— Como assim os pais de uma criança?!

— Quando uma criança faz algo errado, são os pais responsáveis por aquele ato errôneo, respondendo pelos danos causados. No entanto, ao ter chegado a maior idade, os pais não possuirão a responsabilidade por aquele indivíduo, em regra. Essa é a ideia do livre arbítrio, dizer que você pode fazer suas escolhas e afastar a responsabilidade dos seus atos da figura de Deus. Se existe fome, não foi culpa de Deus que criou os homens, mas dos homens que escolheram perpetuar esse ciclo famélico. Se você está sofrendo, foi escolha sua. Se sua vida não te trouxe felicidades, foi apenas por escolha sua. Mas! Não tente questionar a bondade de Deus senão será blasfêmia, muito menos questionar os seus mandamentos, do contrário é pecado! E onde fica a minha liberdade?! Ela nesse sentido não foi dada pelo livre-arbítrio, mas pelas leis dos homens, a liberdade de expressão que também não é irrestrita. Desta forma, pequei aos olhos das religiões, mas de fato estou exercendo a liberdade dada pela sociedade humana. Assim, tendo o livre arbítrio como regra, teríamos que essa seria uma falsa liberdade, chegando a dois caminhos: Deus existe e tem responsabilidade pelo que nos acontece, sendo ele uma figura que pré-determinou os acontecimentos da nossa vida; ou somos livres desde a nossa existência, pois não haveria necessidade de um Deus para dizer que somos livres uma vez que nasceríamos com tal condição e não há um Deus todo poderoso pré-ordenador do universo.

— O livre arbítrio seria a emancipação do ser humano da figura de um Deus, certo?! Mas aqui coloco outra visão sobre tudo isso: e se Deus tiver responsabilidade pontual?![7] — perguntei com um sorriso de canto de boca.

— Agora sou eu que digo: como assim?! Explique.

— Veja, os humanos são limitados por não saberem sua existência, por não saberem quem os criou, concorda?

— Concordo!

— Se "Deus" tiver sua responsabilidade limitada tão somente ao ato da criação? E aqui digo Deus entre aspas mesmo, pois ao não saber quem os criou, os homens conceberam através do seu intelecto limitado uma figura que nomearam de Deus.

---

[7] Os diálogos que se seguem foram embasados na concepção que Benedictus de Spinoza traz em seu livro *Ética*.

— Então, pode ser que exista ou não Deus, e existindo, você está supondo que ele não teve vontade de criar os homens?! — perguntou Tom.

— Poderia te responder da seguinte forma: Deus por existir, desencadeou eventos que culminaram na existência do homem, mas não os criou por liberdade de sua vontade, muito menos atribuiu um fim aos humanos.

— E qual seria o sentido nisso?! — perguntou Tom.

— Pensando centrado só no agora não é possível entender, mas vamos regressar no tempo. O planeta tem uma existência ancestral, certo?

— Correto! Sofista... — disse ele debochando de minha explanação.

— Calma, Tom! Escute com calma. Podemos dizer que a natureza teve sua existência bem antes dos humanos, pois quando de fato vocês existiram, ela já estava no planeta há muito tempo.

— Sim, isso é fato.

— O que te faz crer que a natureza foi feita para servir ao homem e que o homem tinha um fim nesse planeta?! Está entendendo aonde eu quero chegar?!

— Acredito que sim...

— Tom, vocês não sabiam nem o que era fogo e muito menos produzi-lo, não faz sentido dizer que a natureza tinha a finalidade de servir ao homem e muito menos o homem tinha o fim de se valer desta para evoluir e perpetuar sua espécie! Uma coisa não justifica a outra, pois a natureza tem valor por si mesmo.

— Então me diga, como que chegamos aonde chegamos?! — questionou ele relutante.

— O ser humano é ansioso por um fim, ele quer que tudo tenha uma finalidade... Se eu existo é por uma razão e para um fim; se a natureza estava aqui pronta quando chegamos é porque tinha um fim; se a existência superior quis nos criar, ela tinha uma finalidade. Acredito que a existência dos seres humanos pelo "Deus" de vocês pode ter sido desprovida de finalidade, então, ele teria a responsabilidade primeira unicamente, a qual seria dar um início aos eventos que desencadearam a existência humana, trazendo contínuo movimento ao ciclo da criação.

— Interessante como se saiu na explicação, gostei! Vendo por esse lado, nós seres humanos somos bastante finalistas e podemos sim ter criado à figura de um Deus finalista.

— É até arrogante falar que são a imagem e semelhança de um Deus, não faz sentido uma coisa perfeita criar a natureza de forma perfeita para servir seres imperfeitos. Para a natureza servir aos seres humanos, vocês teriam quer ser mais perfeitos que esta.

— Hummm...

— Façamos um teste simples! Quando a natureza chegar a um declínio, quem morrerá: vocês ou o planeta?! — perguntei a Tom.

— Os humanos.

— Exato! Pode levar centenas de milhares de anos, mas o planeta se recuperaria, a menos que houvesse um colapso total e irreversível. Logo, não vejo como a natureza ter sido criada para a serventia dos homens. E quanto ao caráter finalista que os homens atribuíram a Deus, seria pura e simplesmente por vocês, humanos, terem a mesma inclinação, levando a criação de crenças, pois veja: qual seria a utilidade para Deus de você doar o seu dinheiro para um templo?! Os templos hoje em dia parecem palácios banhados a ouro, o que Deus teria de proveito nisso já que ele é um ser de extrema superioridade?

— De fato até em uma visão finalista, Deus não teria fins nas ações humanas, muito menos nas que envolvem essa materialidade. Quem ganha com isso são os templos religiosos. — concordou Tom.

— Isso se dá, a princípio, pelo fato de os humanos pressuporem que todas as coisas agem em função de um fim, como eles próprios. Não diferente seria o Deus criado pelos homens, ele teria um fim preciso e orquestraria as coisas para que se alcançasse esse fim. Indo além, esse mesmo Deus, na visão humana, teria feito o planeta em função do homem, e o homem em sua função, para que prestassem cultos a ele. Essa ideia descabida gerou consequências, qual seja: cada humano, considerando a sua própria "finalidade", presta culto a Deus, para que este o veja como mais valoroso do que os demais e aja em proveito do seu desejo e cobiça.

— Mas se estamos levando em consideração que Deus não atribuiu um fim aos homens, a ele não poderíamos atribuir causas ruins, certo?

— Exato! É o queria mostrar.

— E, também, não podemos atribuir a Deus causas boas já que não houve por sua vontade e liberdade a interferência na vida humana... Como explicaria o mal e o bem que acontecem aos homens?!

— Crença! Ignorância! Se acontece uma coisa ruim, logo se diz que é castigo divino, mas se lhe acontece algo bom é a benção de Deus. Se esses eventos acontecem de modo que não trazem consigo explicações plausíveis ou ainda que as tenham não sejam ditas, é mais fácil atribuí-las a Deus. E assim, desde os primórdios da humanidade se criaram crenças e superstições.

— Mas afirmar que Deus não impõe sua vontade, nem para o bem e nem para o mal, aos seres humanos... Seria a mesma coisa de dizer que ele nos atribuiu o livre-arbítrio, o que não consigo conceber, pois essa liberdade tão sonhada é algo distante da realidade dos fatos. Não concorda?!

— Nesse ponto, ainda que pareça contraditório, concordo com a ideia de os humanos não serem livres, não possuírem livre-arbítrio...

— Mas me parece uma contradição aparente... Veja, se realmente Deus não criou os homens por liberdade de sua vontade, como você disse; então nada a este foi atribuído, nem a liberdade de escolha e nem uma finalidade. Porém, é errôneo afirmar que essa falta de atribuição nos deu o livre-arbítrio, certo? — Retrucou Tom.

— Certo! Não ter uma finalidade ou ter sido criado sem a vontade de uma existência superior não implica em ser livre. — Completei o que Tom disse.

— De fato! Aqui não entra a relação de Deus dar o livre-arbítrio, pois aos homens este só lançou o movimento inicial, de resto foram as leis da natureza que se encarregaram — disse Tom se valendo do que eu acabara de explanar.

— Um amaldiçoado filósofo holandês já dizia "os homens se julgam livres apenas porque estão conscientes de suas ações, mas desconhecem as causas pelas quais são determinadas"[8], e a isto, ele também não teve escolha, o seu brilhantismo entrou em choque com a religião e o levou a ser excomungado, amaldiçoado e tudo que tinha de direito.

— Há pouco não o conhecia... Quem seria? — perguntou Tom.

— Spinoza!

— Bom, o conhecia, só não sabia que tinha sido amaldiçoado. Interessante! Ao considerar as palavras dele, vejo que caminhamos em estradas semelhantes, os homens se julgam livres tão somente por estarem conscientes de suas ações. É uma mera confusão entre estar consciente do que se faz com liberdade de escolha.

— Sim, pois o estado consciente apenas o faz ser conhecedor dos seus atos, porém a liberdade lhe traria não opções, mas a criação de novos caminhos; igual naquele exemplo dos biscoitos, se houvesse a liberdade por que existiriam opções?

— O mundo seria uma porta aberta para a criação... — cochichou Tom.

---

[8] SPINOZA, Benedictus de. *Ética*. 3. ed. Tradução e notas de Tomaz Tadeu. Belo Horizonte: Autêntica Editora, 2017. p. 171.

— A resposta é simples, existem opções dentro das possibilidades por não haver causas impossíveis; você não poderia materializar o biscoito do nada. Então, tem que conviver dentro dos muros, como você mesmo disse caro Tom!

— Queria eu poder materializar ao menos biscoitos, já estaria feliz!

— Digo apenas o seguinte: "os homens julgam as coisas de acordo com o estado de seu cérebro e que, mais do que compreender, eles às imaginam."[9] E como imaginam...

— Spinoza? — perguntou Tom.

— Sim! No que cabe ao assunto, esse humano amaldiçoado por seus pares, foi injustiçado por tamanho conhecimento e visão — expressei a minha solidariedade ao filósofo.

— É o que me faz pensar: será que temos apenas o que merecemos?! — questionou Tom.

— Será, Tom?! Será mesmo?! Acredito que a vida vai além do merecimento, o mundo não olha para você com a vontade de retribuir suas boas ações, e as pessoas não podem esperar ser recompensadas por serem boas, é um erro fatal!

Ao olhar para Tom, percebi que as reflexões que tínhamos entabulado o tomaram bastante energia, por motivos óbvios ele parecia cansado. Então, me levantei, me despedi e disse:

— Não se esqueça de levar biscoitos para o outro mundo, será de grande valia. Vou levar a carta para colocar na caixa postal, não se preocupe!

Ele apenas me agradeceu e se despediu. Aquela foi a nossa última conversa, ao menos em vida... Curiosos para saber o que estava escrito na carta? Pois eu direi:

---

[9] SPINOZA, Benedictus de. *Ética*. 3. ed. Tradução e notas de Tomaz Tadeu. Belo Horizonte: Autêntica Editora, 2017. p. 73.

Amada família,

Acredito que vocês me entenderão, ainda mais por terem o conhecimento de outras realidades, mas ultimamente ando vendo coisas estranhas e ouvindo também. Primeiramente, apareceu um homem alto, branco, naqueles paletós aristocratas, com uma cartola e uma bengala. Este homem possuía um relógio de bolso muito chamativo e o olhava com certa frequência. No entanto, apesar de ter invadido o meu apartamento, não me causou medo, somente um espanto passageiro. Ele possuía um conhecimento muito além do explicável, parecia conhecer tudo desde os primórdios das civilizações. Foi a partir daí que tudo começou a ficar estranho.

Nessa mesma noite, tive a impressão de uma velha vizinha estar gritando desesperadamente por socorro. Eu corri para fora do apartamento, tentando avistar algo pela janela, mas o apartamento parecia vazio. Fiquei pensando ter imaginado coisas, porém, dias depois fiquei sabendo que ela tinha falecido. Que ela esteja em um bom lugar.

Após esse ocorrido, sempre que passo pela praça ao lado do meu apartamento, eu tenho uma visão dos baderneiros, os mesmos que irritaram esse homem de que falei no início, aliás, ele disse que se chama Gal. Mas esses baderneiros parecem estar em um sofrimento profundo e sem fim, e quando pisco novamente, eles desaparecem. Na primeira vez que vi, pensava que estava louco, mas continuei os vendo repetidamente. Não estou louco a esse ponto, pois semanas depois tive o conhecimento da morte deles.

O mais impressionante vem agora, esse homem com quem eu tive a oportunidade de conversar e refletir sobre vários assuntos, o Gal, aparecia somente de madrugada, o motivo não faço ideia, mas ele estava ao lado do presidente no anúncio de medidas ao combate da pandemia. E momentos após ele veio conversar pela última vez comigo.

Espero que acreditem, não estou louco, muito menos usando drogas. O além parece ser real, dizem que as pessoas perto de morrer conseguem ver essas coisas. Talvez, esteja chegando a minha hora, pelo menos já terei um amigo lá do outro lado e que gosta de refletir sobre a humanidade, é um pouco sofista, mas tudo bem.

Se eu morrer, saibam que amo vocês, família! E, como último pedido, junto a mim coloquem um pote de biscoitos.

Seu amado Tom.

Eu, sofista?! Terei uma boa conversa com ele do outro lado. Ele sabia o que estava acontecendo, só não sabia o motivo, mas já desconfiava o que seria, esperto! Como disse, estava consciente de suas ações e não havia uma escolha a ele, não se pode escapar da morte. Um dos poucos humanos em que me instigou a conversar e refletir mais o que seria ser humano; os dramas da vida humana; a vida sem merecimento e muito menos sem recompensas, pois tudo acaba aqui e é deixado aqui. Se eu pudesse dar um conselho sobre como viver, diria: seja consciente dos seus atos, viva de forma justa e moderada, não será Deus que te buscará quando a vida se esvair do seu ser, ela dará espaço ao encontro com a morte. E a morte é justa... Sim, sou justo, bom com os bons, e mau com os maus. Pois então, viva sabendo que o nosso encontro está marcado, faça valer o tempo que possui e meus caros, tenham empatia por seus pares, só retribuirei a cordialidade que empregaram com os seus semelhantes enquanto vivo.

[...]

— Olá, Tom! Como foi a viagem?!

— Gal! Você aqui?! O que faz aqui? — perguntou ele desnorteado.

— É uma longa história... Vamos caminhando...

— Estou meio perdido, sem saber que lugar é esse.

— Percebi! Está estampado na sua cara, hahaha, mas pelo menos é um local muito bonito, veja!

— Realmente, é muito belo e traz uma calma impressionante!

— Você trouxe os biscoitos?! — perguntei curioso.

— Por incrível que pareça eu acordei com esse pote de biscoitos, hahaha — ele riu por não saber o que aconteceu.

— Isso é ótimo! Teremos biscoitos, graças a você!

— Vai rolar alguma festinha? Reunião de serviço?

— Sim! Estávamos te esperando!

— É sério?! — Tom perguntou surpreso.

— Não... Mas ia ser divertido.

— Sem graça. Diga-me, o que faz aqui?

— Tom, se lembra de que falei que Gal era apelido? Ele veio do nome Nergal.

— Quê?! Nergal, o deus sumério?! Da guerra e da morte?! — perguntou sem acreditar.

— Exato! Tenho vários nomes, mas eu sou... A morte...

REFERÊNCIAS

BEETHOVEN, Ludwing van. *Testamento de Heiligenstadt*. Heiligenstadt, 6 de outubro de 1802. [domínio público].

FROMM. Erich. *Ter ou ser?*. 4. ed. Tradução de Nathanael C. Caixeiro. Rio de Janeiro: Zahar Editores, 1982.

HOBBES, Thomas. *Leviatã ou matéria, forma e poder de um Estado eclesiástico e civil*. Tradução de João Paulo Monteiro e Maria Bratriz Nizza da Silva. São Paulo: Martins Fontes, 2003.

PLAUTUS, Titus Maccius. *Comedias I:* La comedia de los asnos (Asinaria). Tradução e notas de Mercedes Gonzales-Haba. Madrid: Editorial Gredos, 1992.

SPINOZA, Benedictus de. *Ética*. 3. ed. Tradução e notas de Tomaz Tadeu. Belo Horizonte: Autêntica Editora, 2017.